U0087875

小說新賞

水滸傳

原著　元・施耐庵
編寫　張博鈞

三民書局

在經典故事中成長

我常常思索著，我是怎麼成了一個說故事的人？

有一段我已經忘卻的記憶， 那是一個沒有什麼像樣娛樂的年代，大人們忙著養家活口或整理家務，大部分的孩子都是自己尋找樂趣，妹妹告訴我，她們是在我說的故事中度過童年的。我常一手牽著小妹，一手牽著大妹，走到家附近那廢棄的老宅前，老宅大而陰森，厚重而斑駁的木門前有一座石階，連接木門和石階的磚牆都已傾頹，只有那座石階安好，作為一個講臺恰到好處。妹妹席地而坐，我站上石階，像天方夜譚般開始一千零一夜的故事。

記憶中的小時候，我是個木訥寡言的人，所以當小妹說起這段過去時，我露出不可思議的神情，懷疑她說的是另一個人的事。雖然如此，我卻記得我是如何開始寫故事的。那是專三的暑假，對所有要上大學的人來說，這個暑假是很特別的假期，彷彿過了這個暑假就從青少年走入成年。放暑假的第一天，我從北部帶著紅樓夢返家，想說漫長的暑假適合讀平日零碎時間不能完整閱讀的大部頭。當我花了兩個星期沒日沒夜看完紅樓夢，還沒從寶黛沒有快樂結局的悲悽愛情氛圍中脫身，突然萌生說故事的衝動，便在酷暑時節，窩在通鋪式的臥房，以摺疊成山的棉被權充書桌，幾個下午就完成我的第一篇短篇小說、我說的第一個故事。寫完時全身汗水淋漓，用鉛筆寫的草稿也被手汗沾得處處字跡模糊，不過我不擔心，所有的文字都在我腦海中，無需辨認。之後我又花了幾天把草稿謄在稿紙上，投寄到台灣日報副刊，當那個訴說青春少女和遲暮老人忘年情誼的小說變成鉛字出現在報紙副刊，我知道我喜歡說故事、可以說故事，於是寫了一篇又一篇的小說，直到今天。

原來是經典小說帶領我走入說故事的行列，這段記憶我始終記

得，也很希望在童年時代還耐不下性子閱讀原典的孩子們，能和我一樣在經典故事中成長。

雖然市場上重新編寫經典小說的作品很多，但對我這個有兩個少年階段孩子的母親來說，卻總覺得找不到適合的版本，不是太簡單，就是太難，要不然就是刪節得不好，文字不夠精確等等，我們看到了這當中的成長空間，於是計畫進行一套經典小說的改寫版本。

首先我們先確定了方向，保留較多文學性，讓這套書適合大孩子閱讀；但也因為如此，讓我們在邀請撰稿者方面碰到不少困難。幸好有宇文正、石德華、許榮哲等作家朋友們願意加入，加上三民書局之前「世紀人物 100」的傳記書系列，也出現了不少有文采、有功力的寫作者，讓這套書可以順利進行。對於文字創作者來說，創意是珍貴的資產，但改寫工作就像化妝師，被要求照著一張照片化妝，不能一模一樣，又不能不一樣，一些作者告訴我，他們在撰寫這系列的書時，常常因為想寫的和原著不太一樣而卡住，三民書局的編輯也常常要幫著作者把寫作節奏拉回來，好幾本書稿都是初稿完成後，又大幅刪修，甚至全部重寫。辛苦的代價便是呈現在讀者面前的這套書——文字流暢、故事生動，既有原典的精華，又有作者的創意調拌，加上全彩印刷、配圖精美。這是我為我的孩子選擇的一套書，作為他們告別青春期的最佳禮物，希望能和天下的學子、家長們分享，也期待這套「大部頭的套書」，經過作家們巧妙的改寫、賦予新生命後，保留了經典的精神，又比文言白話交雜的原典更加容易親近，讓喜歡聽故事、讀故事的孩子，長大後也能說故事、寫故事，於是中國經典文學的精華就能這麼一代一代傳誦下去。

林黛嫚

作者的話

那個快意恩仇的江湖世界

求學時期，一直被人告誡不可以看武俠小說，父母師長這麼說，自然是因為武俠小說屬於閒書，而閒書看多了會影響到課業，所以他們的諄諄告誡是可以理解的。但如果連同學都發出類似的警告，那就不免令人納悶了，同儕之間不是一向有著交流閒書的道義嗎？勸阻他人看武俠小說是為了什麼呢？

原來同樣的告誡，其實有著不同的內涵。同學的警告背後，流露出來的是「非看不可」、「好看到爆」之類的未竟之語，但也就因為太好看、太引人入勝了，一旦翻開，不看到結局很難放下。偏偏武俠小說動輒數十萬字，要看完一整套是很花時間的，而在那個大考、小考幾乎不曾間斷的高中歲月，看完一套武俠小說，可能意味著幾次考試的砸鍋，所以同學會很有義氣的勸你三思，但書還是會借你。

禁不住江湖世界的吸引，我開始焚膏繼晷、廢寢忘食的練起武功。在被沉重的考試壓力壓得喘不過氣的慘綠年代，那個快意恩仇的江湖是我呼吸的窗口，令狐沖的瀟灑率性、楊過的豪邁深情、黃蓉的精靈慧黠，還有小龍女的冷若冰霜，一段又一段的瑰麗傳奇豐富了我沉悶的考生生活。一旦翻開小說，我彷彿進入了書中的世界，可以到處去行俠仗義，有著足不沾地的高明輕功，飛花摘葉，俱可傷人，真可說是笑傲江湖！

因為這份深切的喜愛，我上大學之後，更加大量閱讀武俠小說。同時，對於被看作是武俠小說源流的古代俠義小說，也有了涉獵的興趣，而水滸傳正是其中翹楚，當然不容錯過。

但看了水滸傳之後，其中的內容卻令我瞠目結舌，這……這是武俠小說的源頭嗎？怎麼看起來好像有些不大對勁呢？跟我看習慣

的武俠小說，依稀彷彿有著很遙遠的距離。印象中，武俠小說裡通常有著形象鮮明的女性角色，柔化了線條過度剛硬的武俠世界，所謂「俠骨柔情」正是如此。但是，水滸傳裡頭沒有柔情，甚至連俠骨有沒有都很難說。

沒有柔情我可以理解，畢竟那是男人的世界，當然不會像紅樓夢那樣兒女情長。可是，怎麼可以沒有「俠骨」呢？我一直以為水滸傳是在官逼民反的背景之下，江湖俠客行俠仗義的故事，結果居然不是，真是太令人混淆了。

某一年，系上開設了「武俠小說研究」的課程，我迫不及待的選修，才知道武俠小說的歷史原來是如此淵遠流長，真正追溯起來，居然可以上溯到戰國時代。當然，那個時候並沒有武俠小說這種東西，就連小說都尚未成形呢！

「俠」這個字的概念，最早並非指武俠小說中仁義過人、懲奸除惡的俠客（典型人物如郭靖），而是指勇力過人、殺人不手軟的人。韓非子曾經描述「俠」的特質是「以武犯禁」，就是以他自身的武勇去進行一些律法禁止的行為，因此如果「俠」的數量太多，國家難免混亂，治安就會不好，因此韓非子將「俠」列為國家五大害蟲之一。

古典小說中的「俠」通常豪氣過人、膽氣驚人，而且有著「士為知己者死」的義氣，也正因為他們具備這些特質，行為卻又不容於世，所以容易引發當時懷才不遇的文人及求告無門的百姓給予他們同情的理解，也才讓他們的故事無比悲壯，流傳至今。

提了這麼多，其實只是要說明古典俠義小說與武俠小說中的「俠」是兩回事，儘管後者是從前者逐漸演變而來，但畢竟不能完全等同。而水滸傳寫的就是古代意義的「俠」的故事，比較好聽的說法是「綠林好漢」，比較直接的說法就是流氓、強盜。這樣大家應該可以理解深愛武俠小說的我，初次看完水滸傳時的訝異程度了吧？

但其實文學作品就是如此，隨著時代的變換，會加進不同的內涵和讀者的期待。在古代，當時勢混亂、民不聊生時，「俠」的出現其實代表混亂秩序的重整，以及百姓們對於改變世界的期待。因此，以「俠」為主題的文學作品往往以亂世作為背景，水滸傳正是如此。因為當國家的法律不能保護人民，那麼「以武犯禁」的俠客們就有其存在的必要了。

所以，千萬不要對水滸傳的內容太當真喔，要記得那是小說，而小說基本上是虛構的。

張博鈞

目次

一座重要的里程碑

一、小說的發展與水滸傳

「小說」在中國文學史上，經歷過一段相當長的發展時間，從片段、零碎，到規模宏大、無所不包；從受人鄙薄輕視，到百花齊放、眾聲喧嘩的局面，一路走來，真可說是血淚斑斑，而在這段發展過程中，水滸傳其實扮演了一個極其關鍵的角色。

早在戰國時代，「小說」一詞就已經被廣泛使用，但當時的「小說」地位非常低，而且和我們現在所熟知的概念有一點點不同。如果對中國文化史有基本的了解，就會知道戰國時代百家爭鳴，當時有「九流十家」的說法，「十家」指的就是儒家、道家、法家等著名思想流派，「小說」也算一家，在其中排名第十。那什麼叫「九流」呢？很簡單，就是排在「小說」之前的，儒、道、墨、法、名、陰陽等九家，「小說」家排在第十，在九流之外，所以是不入流的。現在我們常常用「不入流」三個字來罵人，說人家水準很低，上不了檯面，其中的淵源就是來自於此。了解「不入流」的意思，就可以知道在戰國時代，「小說」是怎樣的被瞧不起了。

當時的「小說」其實不是有始有終的完整故事，它通常指的是一則則片段的記載。魏晉南北朝時極其流行的世說新語，就是這樣短小、片段，但又具有故事性、趣味性的作品，而裡面記載的對象，都是當時的名人、大臣、帥哥之流的人物，說是當時的八卦雜誌也不為過。

「小說」是什麼時候發展成我們現在所熟知的樣貌呢？嚴格說起來，要到唐代才發展成熟，而小說的興盛，乃至於繁榮，然後大放異彩，占據文學史上的重要地位 ，則要等到明代了。在這一段過程中，有兩部小說特別重要，其一便是水滸傳，另外一部則是大家耳熟能詳的三國演義。

宋代有一種娛樂活動叫「說書」，也叫「說話」，指的就是講故事。古代沒有電視、電影、電玩，所以當時的人沒事做的時候，就喜歡到茶館裡聽人說故事。當時最流行的故事，一種是歷史演義，另外一種就是英雄俠義的故事。水滸傳就是屬於後者，而且故事在南宋的時候就已經廣為流傳，其中的靈魂人物——宋江，在宋代歷史上還真有其人喔。

當時這個故事不叫水滸傳，而是叫做大宋宣和遺事。宣和是北宋徽宗的年號 ， 大宋宣和遺事就是講述發生在徽宗年間的一段故事，在那之中，已經初步具備水滸傳故事的梗概，只是裡頭還沒有一百零八條好漢，僅講述宋江、晁蓋、吳加亮（吳用）等三十六人的故事 。 後來 ， 因為大宋宣和遺事廣受喜愛 ， 不只說書人一再的說，就連戲劇也經常演出，到了元末明初，有一個人（有人說是施耐庵，也有人說是羅貫中，真正的作者已經不可考究了）把之前流傳的水滸故事做了整理，將原本三十六人的故事，擴編為一百零八條好漢嘯聚梁山泊的長篇章回小說，成為我們所知的水滸傳，中國小說史上第一本成熟的白話長篇小說終於誕生，開啟了中國小說的全盛時代。

二、水滸傳的故事與成就

水滸傳寫的是一群綠林豪傑的故事，一百零八條好漢各自因為不同的理由，先後聚義梁山泊。「官逼民反」是其中一個很重要的背景，所以小說第一回首先講述了高俅因為長於蹴鞠而發跡，最終晉身為太尉的故事，為整個官場的荒謬與可笑，畫上了一道濃重的背景色彩，接下來的故事就在這道重彩下輻射開來。必須特別說明的是，水滸傳的主角畢竟是綠林好漢與古代豪俠，因此這一部小說雖然以官逼民反作為重要背景，卻存在許多不符合現今道德、法律的情節。讀者閱讀時必須先理解，那些情節其實是長期在官場黑暗的壓迫下，平凡百姓無力抵抗又期許英雄出現的心境所創造出來一吐怨氣的窗口，並不表示那些就是古代的現實，至少不完全是。

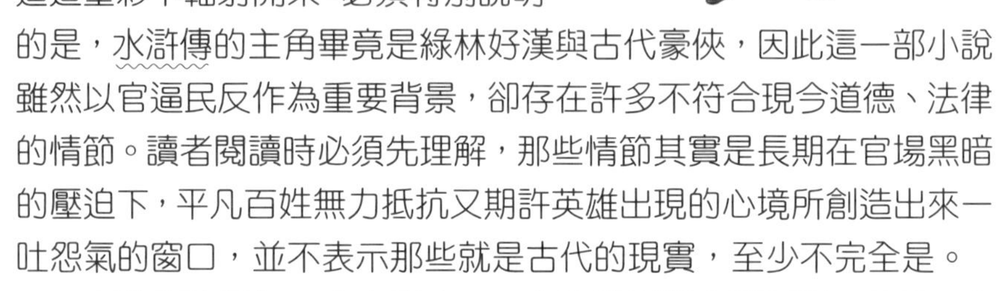

水滸傳被視為四大奇書之一，金聖嘆又將它和離騷、莊子、史記、杜詩、西廂記並列，稱為六大才子書，由此均可看出它在中國小說史中的重要地位。作為中國第一部白話長篇小說，水滸傳最為人所稱道的，即是他描寫人物的本事，明代李卓吾就曾盛讚水滸傳寫一百零八人就有一百零八種面貌，絕不相混。在同樣剛強、勇猛的好漢形象下，作者仍能夠細緻的表現出主要人物的形象差異，例如吳用與公孫勝、宋江與柴進、魯智深與林沖在一貫的慷慨任俠之下，都能展現各自不同的性格特色，這是相當難能可貴的。

此外，水滸傳雖是彙集前代故事的成果，表面看來各段故事似乎可以分別獨立，但實際上，人物與人物，情節與情節之間卻有著極其緊密的線索，將所有的故事串連起來。小說的敘述架構如此龐大，其針腳卻能縝密至此，實在令人不得不驚嘆作者的才思，以及他駕馭文字、掌握敘述節奏的能力。

水滸傳對後代小說的影響極大，首先就表現在同為四大奇書的金瓶梅之中。金瓶梅的故事就是擷取水滸傳中武松殺嫂的一段情節，結合明代世情，重新加以改寫的一部精心結撰。而水滸傳中星宿歷劫下凡的觀念、江湖好漢的描寫，對於後來的俠義小說亦有著深遠的影響，產生了諸如水滸後傳、結水滸傳，乃至後來的楊家將、說岳全傳，都或多或少的從水滸傳獲得許多養分。令人驚訝的是，另一部在調性上與水滸傳天差地遠的曠世絕作——紅樓夢，也曾受到影響，紅樓夢中的情榜，據說就是受到水滸傳一百零八條好漢排座次的啟發。更別說清代以來，許多人喜歡以水滸傳的星宿座次來對當代詩人、名伶進行品評，如近代詩壇、詞壇點將錄之類的作品。凡此種種，均可說明水滸傳高度的藝術成就，及其成書以來，廣受讀者喜愛的狀況。

三、水滸傳的編寫

正因為水滸傳的布局如此細密，在編寫時其實遇到頗多的困難。首先，它牽涉到太多人物，絕對不可能一一寫入；其次，它的架構太縝密，所以在刪改上就難免顧此失彼；其三，水滸傳最被稱道的，是它的「暴力美學」，因此書中有許多殺人放火，或是兩軍對戰，再不就是報仇雪恨之類的情節，充滿血氣方剛的匹夫之勇，考慮到讀者的年齡，編寫的內容似乎也不能太暴力，得把限制級的場景轉化為普遍級才行，況且其中的價值觀、道德標準、法律觀念都是不合時宜的。從前有「少不讀水滸」之說，就是因為年輕人血氣正盛，若是將水滸傳視為學習榜樣，那可就後患無窮了。

可是，水滸傳實在是一本值得一看的經典著作，若是不介紹給讀者，實在太可惜。所以，怎樣排除以上的困難，讓讀者既能看到水滸傳的精彩之處，又不會感覺太過暴力血腥，就成為編寫者與編

輯們共同的課題了。我們首先選擇水滸傳中最具代表性的人物——宋江（前人評點水滸傳時，曾指出宋江實為「一書之綱紀」）作為主線，但如此一來，有些離這條主線稍遠的情節就難免遭到刪節，而使某些人物相形失色，因此才有了附傳的設計，同時刪去太過血腥與不合理的情節，以本傳、附傳相互補充的方式來呈現這部經典之作。

最後，還是要再次強調，小說畢竟不同於真實，讀者閱讀時，只要欣賞其中的人物與情節，藉此觀看世界的不同面向，刺激自己的想像力即可，千萬不要忽略了真實與虛構的差異，而將一切照單全收喔！

寫書的人

張博鈞

目前就讀師大國文研究所博士班，喜歡看小說，尤其喜歡將各種知識融進故事情節，豐富人物特色的作品，比如曹雪芹的紅樓夢，比如金庸的武俠小說，比如朱少麟的傷心咖啡店之歌、燕子之類的作品。星座是射手座，卻沒有一點冒險犯難的精神，倒是有射手座莽撞的天真。喜歡冬天的寒冷，討厭夏天的悶熱，喜歡喝茶的悠閒，也喜歡喝咖啡的從容，喜歡讀詩，也喜歡讀詞，……，還有其他喜歡的，一時想不起來。

水滸傳

第一章 生辰綱

酷暑難耐的三伏*天氣，近午時分，熱浪更是有如大火燒灼一般，連路上都隱隱可見蒸騰的熱氣。如此天候，如非必要，誰會在這個時間往外跑？但此時卻有八個人不畏驕陽，推車挑擔的跑到黃泥岡上，正三三兩兩的散坐在林木樹蔭之下。

「我看時間差不多了，你先挑著擔子下岡去吧，免得待會兒迎面撞上，計策就不靈了。」八人之中，一個高壯男子看看天色，轉頭對一個村漢打扮的男子說。那男子點點頭，挑起身邊的擔子，快步走下岡。

「大哥之前說負責押送生辰綱的人是誰來著？」一個年輕健碩的男子搔搔頭，狀似無聊的問著。

高壯男子回答：「是那個江湖上人稱『青面獸』的，叫楊志。」

*三伏：夏季初伏、中伏、末伏的合稱，約在七、八月，是一年中天氣最熱的時候。

「原來是他，聽說他出身將門，也曾當過小官，因為押送皇帝老子建築萬歲山的花石綱出了差錯，無法回京覆命，所以流落在外，怎麼會到了這裡，還負責押送起生辰綱來了？」七人之中一個相貌斯文的人說。

「聽說梁中書很賞識他，想重用他呢！」臉上有塊硃砂記的人笑著說：「他臉上那塊胎記是綠的，所以叫青面獸，和我臉上這塊倒是一對難兄難弟。」眾人聽他這麼說，都笑了起來。

高壯男子本來還笑著聽他們閒扯，忽然發現前方有動靜，神情瞬間變嚴肅，伸手止住眾人談笑，說：「噓！應該是到了，大家依計行事吧。」其餘六人聽了，各自在推車邊坐定，臉上表情看似隨意，實際上則密切注意著黃泥岡下的動靜。

過沒多久，黃泥岡下隱隱傳來拖沓的腳步聲，其間夾雜著抱怨叫苦的聲音，緊接著就出現呼喝怒罵之聲。七人相互對看一眼，內心暗喜，帶頭的高壯男子向其中一人使了個眼色，那人會意，偷偷摸摸的往黃泥岡的另一邊走去。

自從離開北京，走了四、五天路程之後，楊志見路上民家漸漸稀少，道路越來越荒僻，心想時局不好，擔心生辰綱出差錯，於是一改原先趁早晚天涼趕路的行程，反倒在熱氣漸漸攀升的辰時*出發，直到申時*末才休息，以確保平安。如此一來，楊志本人雖不覺得怎麼樣，但可苦了一同出任務的禁軍。同行禁軍共有十四人，每人身上都背著沉重的行李，在這麼酷熱的時候趕路，無不走得汗流浹背、頭昏眼花，一看到路上有林木樹蔭，便忍不住要到林中歇息。每每遇上這種狀況，楊志為了催促趕路，輕則叱喝怒罵，重則藤條伺候，惹得禁軍們怨聲載道，敢怒不敢言。

這天，豔陽當空，天上一點雲彩也沒有，天氣著實炎熱，只怕把蛋放在路上都會被熱熟，時間越近正午，高溫越令人難受，連石子路都燙得難以行走。楊志一行人從辰時出發，到這時也走了二十多里的路程，十四個禁軍個個面如土色、口乾舌燥，汗滴才落到地上，一眨眼就被太陽曬乾，半點水漬也看不見。

眾人正在苦撐時，眼前突然出現一座小山丘，山丘上

樹蔭濃密，這群禁軍哪裡還受得了，一個個都衝到樹蔭下喘氣休息，楊志看到，忍不住連聲喝罵：「一路上盡會挺屍*，這裡是你們能歇腳的地方嗎？還不給我起來趕路！」

「楊提轄*，你就是說要把我剁成七、八段，我也走不動了。」一個禁軍歪七扭八的癱在樹下，有氣無力的說。

楊志怒不可遏，拿起藤條劈頭便打，但打到這個站起來，那個便坐倒；那個起來，這個卻又躺下，弄得楊志無可奈何，不斷叫苦：「你們以為這兒是什麼休息的好地方嗎？這裡叫作黃泥岡，正是賊寇出沒的所在，太平盛世都有人出來攔路打劫，更何況是如今這種亂世，來往行人，哪裡有人敢在這裡歇腳？」

「這套話提轄你說過好幾遍了，一路上也沒見有什麼賊寇啊，依我看還是在這裡歇個腳，過中午再走吧？」

「你懂什麼！」楊志朝那個禁軍臉上吐了一口口

＊辰時：指上午七點到九點。
＊申時：指下午三點到五點。
＊挺屍：屍身僵直。多用為睡覺的罵詞或謔詞，意指裝死、扮弱。
＊提轄：宋代地方設置的武官，主管軍隊訓練、督捕盜賊等職務。

水，生氣的說：「從黃泥岡下去，一連七、八里路都沒有人家，歇過中午，轉眼天色就暗，萬一丟了生辰綱，你擔待得起嗎？再不起來趕路，每個人吃老子二十鞭！」

一個禁軍忍不住怒從心起，說：「提轄你也不要欺人太甚了，我們每個人挑著百來斤擔子，哪裡比得上你空手逍遙？更何況，我們行軍上路多年，也沒遇過像你這麼專斷的老爺，連一句商量的話都說不得！」

楊志聽了這話，不由得怒火中燒，臉上青筋早爆了好幾條，拿起藤條，就要往那個禁軍臉上抽去，眼角餘光卻瞥見對面樹林裡隱隱有個人影探頭探腦的張望。他藤條一甩，指著對面樹林說：「我說的沒錯吧？你們不聽，這下可好，那邊有人來踏盤子*了。」楊志丟下藤條、抽出長刀，向對面樹林跑去，口裡大喝：「小賊，你好大的狗膽，敢來偷看老子的貨物！」

只見樹林中七輛手推車一字排開，推車邊有六個人袒胸露背的坐在樹下乘涼，另有一個鬢邊長著一塊硃砂記的人拿著刀，緊張得四處張望，看似正在把風的模樣。七個人見楊志手持長刀跑過來，同時驚叫出

*踏盤子：指探查情況、窺視動靜、勘驗地形。

聲，一個個都跳起來，護在推車旁邊。

楊志拿刀指著他們，大聲喝問：「你們是什麼人？」

那七人也看著楊志問：「你是什麼人？」

「難不成你們是要攔路搶劫的賊寇？」楊志謹慎的打量對方，絲毫沒有放鬆戒備。

「你這人問得可笑，手裡拿把大刀，倒說我們是賊寇，我們還怕你是賊寇呢！我們只是做做小生意，你若是想搶我們，那叫白費力！」一個相貌眉清目秀、氣質斯文的人說。

楊志聽了這話，依舊不敢鬆懈，執意問：「你們究竟是什麼人？」

高壯男子見楊志一再詢問，只好回答：「我們是濠州人，要上東京去賣棗子，正好從這裡經過。聽說這裡時常有賊寇打劫商人，我們本來想快點過岡，可是實在受不了這天氣，只好在這裡避一避暑氣，等晚點天涼了再走。剛才聽到對面有人上岡來的聲音，怕是盜匪，所以才叫兄弟過去瞧一瞧。」

「喔，原來如此。」楊志這才略為放心，放下刀

笑著說：「我們也是趕路的人，剛才看這個兄弟窺視，只怕是賊寇來踏盤子，所以過來看一看。既然沒事，就不打擾各位休息了。」

「既然同是趕路人，就吃幾個棗子再走吧！」胸前刺著豹頭的年輕男子從推車上拿出棗子招呼楊志。

「不必了，不敢叨擾。」楊志見推車上真是棗子，再無疑慮，轉身回到禁軍待的樹林，只見十四個禁軍都坐起身，一臉緊張。楊志說：「不礙事，我以為是賊寇，原來只是幾個賣棗子的商人。」

一個禁軍吁了口氣，笑著說：「要是像提轄先前說的，他們那些人都是不要性命的？」

「你倒是會說笑。我只求沒事，那對大家都好。算了，你們就暫時歇歇腳，等天稍涼了再走吧。」禁軍們聽了都笑起來。楊志搖搖頭，也走到樹下休息。

沒多久，遠遠走來一個村漢，肩上挑著一對擔桶，一邊走上岡，一邊唱著：「赤日炎炎似火燒，野田禾稻半枯焦。農夫心內如湯煮，公子王孫把扇搖。」

村漢走到樹林裡放下擔子，坐在一邊，甩著袖子搧風乘涼。禁軍們見他挑著擔桶，便問村漢：「你桶裡裝的是什麼？」

村漢看了問話的禁軍一眼，回答：「裝的是白酒，

要挑到村裡去賣的。」

禁軍們聽見有酒，個個喜上眉梢，商量著要湊錢買酒喝。楊志見眾人聚在一起，皺眉說：「不好好休息，又在嘀咕什麼？」

「這村漢是個賣酒的，我們又熱又渴，想湊錢買些酒喝。」

楊志聽了這話，跳起來拿過藤條就打，口裡罵著：「買酒喝？你們沒問過老子就要買酒喝，活得不耐煩了。」

幾個禁軍一面躲，一面埋怨：「怎麼沒事又來找碴，我們自己湊錢買酒，又礙著你什麼？這也要打人！」

「你們只顧著吃喝，江湖上的伎倆知道些什麼？多少比你們厲害的好漢在路上喝了蒙汗藥失去知覺，酒是能隨便喝的嗎？」楊志氣得亂罵亂打一通。

村漢在旁邊聽見楊志的話，冷笑說：「你這客人說話真沒道理，我這酒也沒說過要賣你們喝，你倒先誣賴起我來。」

一群人正在爭鬧，對面樹林裡賣棗的商人們各持棍棒刀劍，慌慌張張的跑過來問：「怎麼了？怎麼了？你們為什麼吵鬧？」

村漢見有人來，搶著說：「你們倒來評評理，我挑酒要過這山岡到村子裡做生意，因為天氣熱，在這裡歇歇腿，是他們這幾個軍漢自己要跟我買酒喝，我也沒說要賣，這個人倒說我酒裡有什麼蒙汗藥，你們說這不是冤枉人嗎？」

七個人聽說，都鬆了口氣，其中一個身長八尺、儀表堂堂的漢子笑著說：「原來是為這事，我們還以為有賊寇呢！倒嚇了我們一跳。說說有什麼關係，現在時局紛亂，人家防著些也是難免。大哥你也別生氣，我們兄弟熱得慌，正想要些酒來解渴，既然他們不喝，不如賣一桶給我們。」

「不賣，不賣！」村漢被嘔的一股氣梗在心頭，硬是賭氣不賣。

「你這人也太沒道理了，我們兄弟可沒說你什麼。反正你這酒都是要挑到村裡去賣的，我們一樣給你錢，你還省了力氣，為什麼不賣？」

村漢想了想，便說：「賣一桶給你們喝也不要緊，只是怕這幾位大爺在一邊碎碎念。」

一個年輕人笑著說：「你別那麼認真，人家不過說一句，你倒挺記恨的。」說著走上前去，拿了兩個酒瓢，一個遞給旁邊的兄弟，開了酒桶就舀酒喝。另外六人聞到酒香，也湊上前，你一瓢、我一瓢，沒多久就把一桶酒喝得涓滴不剩。

高壯男子意猶未盡的舔了舔嘴唇，問村漢：「忘了問你，這桶酒多少錢？」

「我這酒的價錢是說一不二，五貫錢一桶，若給十貫錢，這一擔都是你的。」

鬢邊長著硃砂記的人數好錢，說：「給你五貫錢，再送一瓢給我們如何？」

「不行！一滴都送不得。」村漢伸手拿錢，年輕人趁他不注意，拿了酒瓢，偷偷從桶子裡舀了一瓢喝，偏被那村漢看見，村漢罵了一聲，伸手來奪。年輕人拿著半瓢酒就跑，村漢追了兩步，眼角瞥見相貌斯文的漢子拿起另一個酒瓢，又偷舀了半瓢。

「哎呀！」村漢跑過來，劈手搶過酒瓢，將酒倒回桶裡，嘴裡罵著：「你這客人好不要臉，

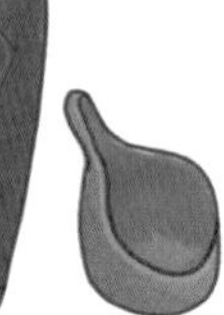

長得人模人樣，居然也來偷酒喝。」

幾個禁軍見他們暢快喝酒，肚子裡的饞蟲哪裡還忍耐得住，只好拉下臉來跟楊志商量：「提轄，你瞧他們都喝了酒，看起來也沒事，只剩下這一桶，讓我們胡亂喝些，也好解渴啊。」

楊志見七人喝酒，連另一桶酒都喝了一瓢，看來確實沒有問題，再看同行的十四個禁軍，個個憔悴不堪，心中一時過意不去，便點點頭，隨他們去了。

十四個人見楊志點頭，連忙湊足了錢，就要向村漢買酒。村漢瞄了他們一眼，拿起蓋子將酒桶蓋上，大叫：「不賣了，不賣了！這酒裡有蒙汗藥，哪裡能喝？」

其中一個禁軍笑著說：「大哥，你也太認真了，一點點小事也值得這樣生氣？」

「說不賣就不賣，別囉嗦！」村漢別過臉，還是氣呼呼的。

「你別這麼小家子氣了！」高壯男子笑著勸說：「出來做生意嘛，和氣生財，你這麼點氣都受不下來，要怎麼跟人家做買賣？給人方便，自己方便，人家都這麼好聲好氣的說話了，你這生意人倒還這麼大模大樣的！來來來，你不賣，我替你賣。」說著替村漢提過酒桶，放到幾個禁軍面前。

禁軍們開了酒蓋、拿了酒瓢，十四個人就喝起來，那七個人還拿了幾十個棗子讓他們配酒吃，眾人嚷著邀楊志一同吃喝，楊志拗不過眾人，加上他的確口渴，於是也跟著喝了半瓢。

一眨眼，酒已見底，眾人要算帳時，村漢說：「這桶酒被那客人偷去一瓢，少了些，我少收你們半貫錢吧。」

「這位大哥做生意倒是公公道道 ， 一點都不欺人。」幾個禁軍笑著將錢算給了村漢，村漢接過錢，挑起擔子，依舊唱著歌，自顧自的下岡去了。

禁軍們喝了酒，個個心滿意足，而七個賣棗的商人卻站在樹邊，看著楊志一行人，也不回去看管他們的貨物。楊志覺得奇怪，正要上前詢問，忽覺頭重腳輕，身子一側，整個人已軟倒在地，十四個禁軍還來不及反應，也一個個昏暈在地。只見七人從對面樹林裡將推車推過來，倒掉棗子，將十四個禁軍身上的金珠寶貝全都放到推車上，再拿布密密的遮蓋好，向眾人說了聲打擾，便嘻嘻哈哈的推車下岡。楊志等人無法動彈，只能眼睜睜的看著七人將生辰綱劫走，卻無計可施，等到藥性完全發作，便先後昏了過去。

第二章 及時雨

原來這八人早就已經得到消息，事先算準了時間，在黃泥岡上等楊志一行人經過。高壯男子名叫晁蓋，是濟州鄆城縣東溪村的保正*，在江湖上有個響亮的外號叫「托塔天王」；相貌斯文的男子名叫吳用，是附近學校裡的老師，外號「智多星」；而鬢邊長著硃砂記的名叫劉唐，外號「赤髮鬼」，生辰綱的消息便是他事先打聽清楚，才來找晁蓋合作的。

生辰綱其實是梁中書要送給他岳父蔡太師蔡京的生辰賀禮，然而為了送這份賀禮，梁中書四處搜刮民脂民膏，聚斂十萬貫金珠寶貝，想方設法，只為趕在蔡京生辰之前送到，因為若是能讓蔡京滿意，他的前途也就無可限量。

晁蓋聽劉唐說明了生辰綱的來歷，心想既是奸臣聚斂的不義之財，拿來幫助江湖上的義士豈不是更好？

* 保正：職務相當於現在的村長。

因此他和吳用商量過後，請來阮氏三兄弟和「入雲龍」公孫勝——也就是那個身長八尺、儀表堂堂的漢子——共謀大事。

吳用認為生辰綱只宜智取，不能硬搶，因此設下計謀，連同其他六人假扮成賣棗的商人，至於那個賣酒的村漢名叫白勝，自然也是與他們串通好的。他挑上岡的那兩桶確實都是好酒，七個人先喝了一桶，阮氏兄弟又從另一桶偷了一瓢喝，目的是要讓楊志等人不起疑心。後來吳用趁亂另舀半瓢之前，已在酒瓢裡灑了蒙汗藥，舀酒時便混進酒桶，白勝奪過酒瓢，將酒又倒回酒桶裡，也只是為了讓藥混得更均勻。楊志等人不疑有他，一瓢瓢的將酒喝下肚，果然中了吳用的計謀。

晁蓋等人劫了生辰綱，回晁家莊的路上，不斷稱讚吳用智計高妙，八人將金銀分配好，白勝與阮氏三兄弟因有家室，先行告辭回家。吳用、公孫勝和劉唐則留在晁家莊上，幾個人意氣相投，整日喝酒談天，非常快活。

這天，四人在晁家後園的葡萄樹下喝酒，說起近年來各處貪官汙吏欺負人民的事，個個忿忿不平、義憤填膺。提起這次智劫生辰綱，都覺得是替受苦的百

姓出了口氣。想到這裡，四人胸中更添豪氣，酒也喝得更加痛快。這時，忽然有僕人來報，說本縣押司*來到莊門前，急著要見晁蓋。

「有多少人跟著他來？」晁蓋眉頭微皺，輕描淡寫的問。

「只有押司一個人來。」聽見宋江獨自前來，晁蓋知道必定是有重要的事，連忙出去迎接。

宋江，字公明，因膚色偏黑，而有「黑宋江」之名；他在家中排行第三，因以孝順聞名，為人又總是仗義疏財，所以也有人喊他「孝義黑三郎」。宋江身居鄆城縣押司，文武兼通，既明白為官之道，又喜歡結交江湖好漢，不論貧富貴賤，皆全心全意、至誠相待。只要有人來投奔，不論身分高低，無不接納。此外，他常替人排難解紛，設法保全他人性命，時常扶危救困，不吝於雪中送炭，所以又得了個「及時雨」的外號，山東、河北的好漢都

*押司：宋代衙門裡主管文書、獄訟的小官。

聽說過他的名字。

宋江見到晁蓋，也不寒暄，將他拉到一邊，低聲說：「大哥，我這次是拚著性命來救你的。大哥在黃泥岡上做的事東窗事發了！你們到濟州投宿的時候，被人認了出來，白勝已經被抓，關在濟州府大牢裡，還把你們都供了出來。濟州府派人來捉你們，現在人已來到縣衙。我編個理由把他哄在衙門，就趕緊來報訊。如今三十六計，走為上策，大哥快收拾東西走吧！千萬不可耽擱，否則若有疏失，小弟也沒辦法救你。」

晁蓋聽了這話，大吃一驚，說：「賢弟，多謝你冒死相告，如此大恩，日後該如何報答？」

「大哥不要見外，我這就得回去了。」宋江一說完，急急忙忙就往外走。

吳用等人見來訪賓客來去如風，晁蓋回座後又神色有異，都大感不解，等到知曉情況，三人大驚。吳用率先冷靜，說：「若非此人來報，我們這下都要沒命了，卻不知這大恩人是誰？」

「是本縣押司，名叫宋江。」晁蓋急得來回踱步，順口回答。

公孫勝、劉唐驚訝的說：「莫非是江湖上人人稱讚的及時雨宋公明嗎？」

晁蓋點點頭，無心多說，焦慮的問：「眼前事情緊急，不知該怎麼辦才好？」晁蓋知道吳用向來智計百出，因此只看著他，希望他能籌畫個萬全之策。

「正如宋公明所說，三十六計，走為上策。」吳用搖著摺扇，一副很篤定的模樣。

「話雖如此，但要走去哪裡？」劉唐心裡沒什麼主意，依舊著急不已。

「不用急，小弟已經設想好了，我們將財物收拾妥當，先到石碣村去通知阮氏三兄弟，那村子過去便是梁山泊，那裡地處水鄉，周遭水路糾結，路徑複雜，四面又都是高山，易守難攻。山上的山寨如今非常興旺，『白衣秀士』王倫、『摸著天』杜遷、『雲裡金剛』宋萬在那裡聚集了七、八百人，庇護著許多走投無路的人。山寨防備森嚴、整治有方，加上地勢險要，連官軍也奈何不了他們。既然官府追得這麼緊，我們乾脆加入他們，問題不就解決了？」吳用一提，三人不禁茅塞頓開，連聲稱是。

「這主意不錯，那麼就請吳用、劉唐兩位兄弟先到阮家報訊，我和公孫兄弟稍後便到。」晁蓋分派好任務，四人分頭行事。吳用、劉唐將劫來的財物分裝，領了幾個願意跟隨的僕人往石碣村去；晁蓋與公孫勝

則忙著收拾其他值錢的東西，打發其他僕人離開。

四人先後來到阮氏三兄弟家中，吳用說起投奔梁山泊一事：「現今在李家道口，有一家新開的酒店，其實是梁山泊旱地忽律*朱貴所開，專門為山寨打探消息，接濟四方好漢，若要上山入夥，必須由他引薦。」六人跟隨吳用一同來到酒店，朱貴見這麼多好漢前來投奔，心中歡喜，便引領七人同上梁山泊。

宋江從衙門出來，想起晁蓋等人如今被各州縣官府全面通緝，不禁為他們擔憂。又想自己與晁蓋向來是推心置腹的好兄弟，當日仗義向他通風報訊，一時沒有考慮到後果，日後此事若是洩漏出去，非但自己性命難保，還有可能牽累父親與家人，層層推想下去，不禁令他冷汗直冒，內心十分不安。所幸連日無事，只是官府通緝甚急，他不知何時才能夠得知晁蓋的消

* 旱地忽律：「忽律」，指鱷魚。旱地忽律這個外號是說朱貴有如陸地上的鱷魚。

息……。

走在大街上，宋江腦海中不斷盤算此事，完全沒發現身後有人跟隨。那人跟著宋江走過了幾個街口，一直偷偷打量他。宋江回頭瞥見，只覺得那人相貌有些面熟，卻不記得是誰，心裡正在猜疑，那人突然走上前，向宋江恭恭敬敬的行禮。宋江連忙回禮，聽見那人低聲說：「宋押司可否借一步說話？」

宋江心中雖然遲疑，卻仍是點點頭，也不多問，跟著他走進一間僻靜的酒樓，找了個靠角落的座位坐下。

宋江才坐定，那人就對著他拜下，宋江急忙拉起那人，說：「壯士為何行此大禮？宋江承受不起，快快起來。」又問：「請恕宋江眼拙，竟不記得與壯士曾在何處相見？」

「押司大名，小弟聽聞已久，心中一直盼能有緣相見。誰知未曾謀面，便受大恩，我們幾個人全靠押司相救才能活命，押司難道忘了？小弟名叫劉唐。」劉唐取下頭上戴的斗笠，露出鬢邊的硃砂記。

宋江不由得大驚，連忙拉低劉唐的身子，左右張望，見沒人注意他們，才低聲說：「賢弟，你好大膽，如今各地官府重金懸賞，要捉拿你們幾人，你還敢到大街上來，若是被人看見，豈不是自投羅網嗎？」

「若是不來拜謝您的大恩，我們心裡如何過意得去？而且晁大哥也說了，如今城中風聲正緊，恩人若是不知道我們的狀況，心中必會擔憂，因此我們才剛安頓好，大哥就立即派小弟來向恩人報平安。」

「所以晁大哥以及諸位兄弟都已經安頓妥當囉？」宋江喜出望外，連忙詢問。

劉唐笑著點點頭，說起這段時間發生的事，宋江越聽越驚奇，他沒想到晁蓋等人居然投奔到梁山泊，更沒想到機緣巧合下，晁蓋不僅當上梁山泊的山寨之主，還將山寨打理得井井有條，比王倫當寨主時更加興旺。

簡要說完諸人近況後，劉唐從懷裡拿出一封信，等宋江看完信，便將一個沉甸甸的包袱遞給宋江。

宋江也不多言，將信放進自己的招文袋*，卻不伸手接過包袱，說：「賢弟，宋江不缺金銀，倒是幾位兄

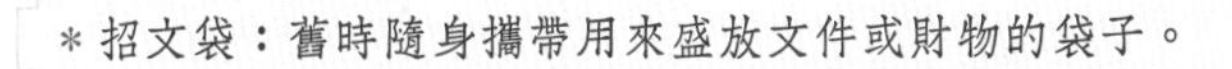

* 招文袋：舊時隨身攜帶用來盛放文件或財物的袋子。

弟初到山寨，到處需要金錢使用，這包黃金請賢弟原封帶回去，各位的心意，宋江心領了。」原來包袱內竟是晁蓋要贈予宋江的百兩黃金。

劉唐見宋江不肯收，急著說：「如今晁大哥當了寨主，吳用、公孫勝兩位哥哥執掌軍令，寨中律令嚴明，小弟領受寨主的命令而來，恩人若不收下，小弟回到山寨必然受罰，請恩人不要推辭！」

「既然律令嚴明，那我也不為難你。」宋江向酒保借來文房四寶，寫了一封信交給劉唐，說：「賢弟帶這封信回寨，晁大哥必定不會怪你。如今天色已晚，加上官府四處通緝你們，賢弟不宜在此逗留，以免發生禍患。」

劉唐無奈，只好接過宋江的信，並再三向他拜謝，才戴上斗笠走了。宋江站在路口，目送劉唐離開，心裡正慶幸無人發現，卻聽見身後有人叫他，不禁大吃一驚。他回頭一看，一個老婦正興高采烈的揮著手向他走來。

第三章 怒殺閻婆惜

宋江見到老婦，忍不住在心中嘆了口氣，轉身要走，老婦卻趕上來將他一把拉住。

老婦原是東京人士，由於丈夫姓閻，所以人人都叫她閻婆。她與丈夫閻公帶著女兒閻婆惜到處賣唱為生。去年三人到了鄆城縣，閻公不幸得病死了，留下她們母女倆，一時衣食沒有著落，竟連一口棺材都買不起。宋江見她們可憐，便給她們十兩銀子處理閻公後事，剩的銀子也可以勉強過一段時日。

誰知閻婆見宋江慷慨，又得知他未曾娶妻，於是找了媒婆幫忙，希望宋江將閻婆惜收為小妾，也算是報答他的恩情。宋江原本不肯，但因受不了媒婆一番轟炸，只好答應，找了一所樓房，安置閻婆惜母女。

閻婆惜雖然生得花容月貌，但宋江生性粗豪，只愛舞刀弄棍，不重兒女私情，因此對閻婆惜不怎麼留心，時日一久，不免讓閻婆惜心生怨憤。

某日，宋江帶著同僚張文遠到閻婆惜住處喝酒。

張文遠外號「小張三」，生得眉清目秀、唇紅齒白，宋江和他站在一起，更顯得相貌普通。閻婆惜一見到張文遠便動了心，雙頰微紅，含羞帶怯，張文遠見了閻婆惜的神色，心裡大概猜到了她的意思。酒席之間，兩人眼波勾連，互有情意。往後趁著宋江不在，他就假意來找宋江，閻婆惜順勢留他喝茶，幾次下來，兩人便成就了好事。

閻婆惜和張文遠如膠似漆，對宋江的態度便更為冷淡，不是不理不睬就是惡言相向。時日一久，街坊鄰居知道了閻婆惜與張文遠的情事，風聲自然也慢慢傳到宋江耳裡。但宋江心想，閻婆惜不是他明媒正娶的妻子，她既無心於他，他也沒必要自討沒趣，因此閻婆幾次請他上門，宋江都推說有事，現在偏偏在街上遇見閻婆，無處可避，想到又得和她耗費一番唇舌，心中便忍不住嘆氣。

果然，閻婆開口便說：「押司，我連日派人去請，就是請不到您，您貴人事忙，要見您一面還真難。今天有緣讓我碰上，您非得到我們家走一遭才行。」

「今天不行，我衙門裡還有事得去處理，改日再去吧！」

「改日，改日，每次都改日，押司好狠心，總叫老婆子空等！不行，今天可不放您走！」閻婆說著就拉住宋江的衣袖，嗚嗚咽咽的假哭起來：「押司到底是聽了誰的挑撥，竟這樣冷落我們母女？我們下半輩子可都指望押司過活，押司可不能聽了別人的閒言閒語，就冤枉我們。就算婆惜有那麼一點兒、半點兒過錯，押司也不用這麼生氣啊！這樣三日不來、兩日不到的，叫人家心裡怎麼受得了啊？」

宋江皺起眉頭，耐著性子說：「今天真的是事情多，您想到哪裡去了，您快別纏著我，我還有事得去辦呢！」

「唷！憑押司的面子，就是耽誤了什麼事，大人也不會見怪的。今天我若是放您走，要再見您，只怕千難萬難，押司快別這麼固執，就跟我走一遭吧。」

宋江無奈，只好讓閻婆拉回家去。才到門口，閻婆便扯著嗓子叫：「女兒啊，妳心愛的三郎來啦，還不下來。」

閻婆惜聽見母親叫喚，還以為是張文遠來了，開開心心的整整頭髮、拉拉衣裳，連忙奔下樓。誰知到了樓梯口，往下一望，來的卻是宋江，閻婆惜滿腔歡喜一時洩了氣，一扭身又上樓去了。

「女兒啊，妳的三郎在這裡，妳怎麼上樓去啦？」

閻婆惜沒好氣的說：「這屋子能有多大？他又沒瞎又沒瘸，自己不會上來？難不成還要我跪著迎接他嗎？」

「押司太久沒來，這丫頭故意跟您賭氣呢！真要說起來，押司倒也欠她嘔您幾句！您可別生氣，讓我給你們排解排解。」閻婆拉著宋江上樓，推著他在凳子上坐下，轉身拉來閻婆惜，口裡故意罵：「好不容易見了人，嘴裡說的話倒利，平常不知道怎麼想念著呢？如今押司來了，妳不過來陪他說幾句話，還要使性子不成？」

「我又沒做什麼壞事，他自己不來，我要跟誰說話？」

宋江見閻婆惜這種態度，心裡也有幾分不自在，只想著要走，偏偏閻婆不肯放人，硬是把他們兩個拉到一張桌子旁坐下，還去準備了酒菜，勸兩人喝酒吃菜。宋江眼看難以脫身，勉強喝了幾杯酒；閻婆惜一股氣梗在心裡，也不搭理宋江，只顧自己悶著頭喝酒；閻婆只好一直在旁陪笑，找些不相干的事來說。

轉眼夜色已深，閻婆笑著說：「你們小兩口多日不見，今天倒要早點睡，這些殘餚剩酒，我收拾起來，好嗎？」

宋江看了看閻婆惜，心裡暗自尋思：「這婆娘和張三的事，往日只是聽人傳言，也不曾有真憑實據，今天夜已深了，我不如在此睡一晚，看她究竟如何。」因此他只是點點頭，也不開口說要走。

「娘收了東西就去睡吧，這兒沒您的事了。」閻婆惜淡淡的說。閻婆還以為女兒回心轉意，眉開眼笑的將酒菜收了就去歇息。

閻婆下樓之後，宋江一言不發的坐著，也不與閻婆惜說話，只等著看她怎樣對他。這時，窗外傳來二更*的更鼓聲，閻婆惜突然站起，衣服沒換就躺上床，

*二更：指晚上九點至十一點。古時將晚上七點到次日清晨五點分為五個時段，稱為「五更」，每個更次相隔兩個小時，初更是晚間七點至九點，二更則為九點至十一點，依此類推，每個更次均會有巡夜的人敲擊更鼓報時。

臉朝裡面的牆壁獨自睡了。宋江看了，心裡不禁有氣，原本想立刻離去，無奈夜已深沉，自己又多喝了些酒，只好按捺性子，在這裡胡亂睡一晚。他脫下外衣，將身上腰刀放在招文袋中，掛在床頭，便也躺下。

閻婆惜聽見宋江在她身邊躺下，忍不住冷笑一聲，宋江聽見這聲冷笑，更是心頭火起，哪裡還睡得著？長夜漫漫，好不容易捱到五更，宋江不等天亮，翻身起來用冷水洗過臉，穿了衣服便奪門而出。他積了一肚子的氣，悶得無處發洩，只能恨恨的踢著路上的石子洩憤，突然聽見身後有人叫著：「押司，怎麼今天起得那麼早？」賣湯藥的王公正要去趕早市，此時看到宋江有些詫異。

宋江搔搔頭，笑著說：「昨夜喝多了酒，聽錯更次了。」

「夜裡喝那麼多酒，傷身又損精神，押司不如喝碗醒酒湯，如何？」

宋江點點頭，接過王公遞來的醒酒湯，兩、三口喝得一滴不剩，他伸手要往招文袋掏錢時，卻猛然吃了一驚。原來他剛才走得匆忙，竟將招文袋忘在床頭，若是平常時候也就罷了，偏偏他先前將晁蓋的信放在袋子裡，要是被閻婆惜看見，只怕鬧出事來。想到這

裡，宋江嚇出了一身冷汗，他連忙向王公道歉，飛奔回閻婆惜住處。

宋江一股作氣飛奔上樓，見閻婆惜還睡在床上，忍不住鬆了口氣，但當他伸手去取招文袋時卻摸了個空。他心裡一慌，知道是閻婆惜拿走，只好耐著性子，輕輕搖了搖閻婆惜的身子，低聲問：「妳把招文袋收去哪裡？快拿出來給我。」

閻婆惜只是裝睡，故意不理他，宋江又叫了幾聲，她翻身坐起，不耐煩的指著宋江鼻子問：「你什麼時候把招文袋交到我手裡的？我有那麼大的本事收你的東西嗎？現在倒來找我要！你哪隻眼睛瞧見我拿了？」

「妳先前沒有蓋被，現在卻蓋著被子睡，一定是妳起來鋪被時拿走的，快還我。」

「我是拿了，但就是不想還你，怎樣？你有本事把我捉到縣衙去啊！」閻婆惜仗著招文袋在自己手上，對著宋江有恃無恐的叫嚷。

宋江聽了這話，忍不住心慌，便說：「妳別無理取鬧，我不曾有對不起妳們母女的地方，妳不看其他，單看這點便不該藏我的東西，快還給我，我好去辦事。」

「喔，你沒對不起我，倒是我對不起你！」閻婆惜被他的話戳中痛處，索性豁出去，不在乎的說：「哼！我和張三在一塊兒是對不起你，但至少我沒勾結強盜，也沒做出打家劫舍的勾當！」

「噓！好姐姐，不要聲張，給鄰居知道了可不是鬧著玩的。」

「你也有事怕人家知道啊？哼，這封信我偏要好好收著，你要是想拿回去，可得依我兩件事。」閻婆惜眉眼含笑的說。

宋江無奈，只好說：「妳倒說說看。」

閻婆惜看著宋江，微微一笑，說：「第一，你寫一封文書，上頭要寫明任我改嫁張三，你我兩不干涉。第二，晁蓋給你的一百兩黃金，你得拿來給我。若是兩件事你都依了，我便還你招文袋。」

宋江為難的說：「頭一件我可以依妳，但那一百兩黃金我沒拿，否則給妳又有何妨？」

「喲！說得這麼清高。人家把一百兩黃金送到你面前，你倒大方，順手還推回去給人家，這話誰會相信啊？閻羅王面前還沒有被放回來的鬼呢！將來到了公堂，你也要這麼說不成？」

宋江早就積了一肚子的氣，聽見閻婆惜說出「公堂」兩字，一時怒從心起，哪裡還按捺得住？他瞪大雙眼，大喝：「妳還不還？」

「不還就是不還！我另外再送你一千個不還！」

這話讓宋江更是怒火中燒，伸手就扯閻婆惜的被子。閻婆惜把招文袋緊緊抱在胸前，宋江扯開被子，看見招文袋，伸手就搶，閻婆惜死命抓住，宋江狠狠一拉，竟把放在招文袋裡的腰刀拉了出來。閻婆惜見宋江手裡拿了刀，不管三七二十一，扯開喉嚨尖叫：「殺人啦！黑三郎殺人啦！」

宋江心頭一把火燒得正旺，閻婆惜又在那邊雞貓子喊叫，他索性一不作，二不休，左手捉住閻婆惜，右手腰刀一揮，刀光閃動，鮮血四濺，閻婆惜倒在床上，立刻斷了氣。宋江連忙搶過招文袋，將信燒了，正要下樓，卻與閻婆撞個正著。

閻婆慌張的問：「一大清早的，你們兩個是在鬧什麼啊？」

「妳女兒太過無禮，被我一刀殺了。」宋江冷冷的說。

「押司別開玩笑，生死大事豈能說著玩的？」

「妳若不信，就到裡頭看看。」閻婆走進房裡，看見閻婆惜一身嫩綠衫裙躺在血泊中，早已沒了呼吸。閻婆嚇得呆了，瞠目結舌的望著宋江，宋江也不躲避，態度沉靜的對她說：「我宋江是個漢子，既做下此事，絕不會逃避，我任妳處置！」

閻婆雖聽見宋江說不逃，心中卻認為他是說假話拖延。她腦海裡轉了幾個念頭，故意嘆了口氣，說：「我這個女兒確實該死，押司也沒殺錯，只是我孤苦伶仃，日後該怎麼過日子啊？」

「這妳倒不須憂心，我家中小有積財，可以保證妳後半生衣食無憂。」

「既然如此，我就放心了。只是她死在床上，該如何處理？」

宋江見閻婆不追究閻婆惜的命案，心裡稍稍鬆了口氣，便說：「這事容易，就到陳三郎那買口棺材，等檢驗死傷的官吏來驗屍時，一切由我出面承擔。」

「那我們該趁著天還沒亮，早早完成此事才好，免得讓街坊鄰居見了，又有話說。」

宋江點頭說：「那妳取紙筆來，我寫張紙條，讓妳去取棺材。」

「如果是我去取，不知陳三郎會推拖到何時，押司面子大，若是親自去，他才不敢怠慢。」宋江覺得有理，便與閻婆一同出門。

此時天色未明，縣衙大門才剛開，兩人才走到衙門邊，閻婆突然拉住宋江，放聲大喊：「宋江殺人啦！殺人犯宋江在這裡！」

宋江一驚，慌了手腳，只想伸手掩住閻婆的嘴，但哪裡來得及。閻婆的叫喊早已吸引了幾個衙役過來關切：「老婆子別胡亂叫喊，押司不是這樣的人，有事好好說，不要隨便亂栽贓。」原來宋江平日為人非常好，縣衙中沒有不敬重他的人，此時聽閻婆如此叫喊，不但沒人捉拿宋江，也沒人相信閻婆。

正當場面一片紛亂，有一個叫唐牛兒的人經過，他平日最敬重宋江，這時聽見閻婆如此胡鬧，心裡不服氣，衝上前去拉開兩人，伸手一推，竟將閻婆推倒在地。宋江擺脫了閻婆的糾纏，趕緊趁亂跑開，等閻婆爬起身，他早已逃得不見人影。

閻婆愣了一下，回過神，一把揪住唐牛兒，尖聲大叫：「殺人啦！宋江殺人後逃跑啦！是唐牛兒放走他的，來人啊！快來捉這兩個無法無天的殺人犯啊！」一時之間，事情在鄆城縣中鬧得沸沸揚揚，人盡皆知。

宋江慌忙回到家中，換掉染血的凶衣，隨便包好幾件乾淨衣服，拿了腰刀，匆促出城。他一路狂奔到一條三岔路上，才想起自己剛才慌不擇路，只想著要逃，卻不曾仔細想過要往哪裡去。這時，他心神稍定，站在路口細細尋思：如今他殺人逃亡，知縣必定會派人去拘捕父親問話。所幸在他剛開始做押司時，就叫父親告他忤逆，將他從戶籍中除名，因此今日之事想來不會連累父親。

原來宋代有所謂「為官容易，做吏最難」的諺語，只因當時權貴奸臣掌握權力，當官的若非權臣親屬，便是財力雄厚、用錢買官的人，加上官官相護，所以當官的就算出了錯，也沒人追究。但如果是當人下屬小吏的，只要稍有罪責，輕則流放到不毛之地，重則沒收家產、被判死刑。宋江深知做衙門小吏的風險，所以早在數年前就要父親與他脫離父子關係，讓他另立門戶。他將平日的收入都交給父親，若是他出了事，家中有官府開出的脫籍證明，不僅連累不到家人，家中產業也可以保存。正因為宋江寧可背負不孝的名聲，也要為父母預留後路，所以知情的人對他的孝順更加稱揚。

宋江站在三叉路口，想起天下如此之大，離開鄆城縣，他要往何處託身呢？看著眼前的三條岔路，他心中思潮起伏，忽然想起劉唐先前說過梁山泊有個叫林沖的教頭，當日得罪太尉高俅時，曾投奔到柴進的莊院，因他引薦才上山入夥。這柴進外號「小旋風」，聽說他仗義疏財，專愛結識天下英雄，宋江與他也曾有過書信往來，兩人心意相投，只是一向無緣見面，於是宋江心想：如今既然有難，不如前去投奔柴進。

第四章 託庇小旋風

柴進一家原是大周柴世宗後裔，自從陳橋兵變*以來，受宋太祖趙匡胤御賜「誓書鐵卷」，因此上自王公貴族，下至販夫走卒，對柴家都禮敬萬分。傳到柴進這一代，因他喜好結交江湖好漢，時時接濟來往之人，許多遭受冤枉、無處可去的人都來託庇於他，因此他在江湖上頗有名氣，人人都將他與宋江相提並論。

宋江連日趕路，終於來到柴進莊院，見眼前屋宇氣派非凡，不禁讚嘆：「皇族後代居住氣象果然不同凡俗。」

柴進一聽說宋江前來拜訪，心中大喜，連忙領著三、五個傭人出來相迎。一見宋江，柴進喜不自勝，上前拱手，笑著說：「宋兄大駕光臨，敝莊蓬華生輝，也一圓我對你的仰慕之心，真是萬分榮幸！」

*陳橋兵變：宋太祖趙匡胤原本是柴世宗時的禁軍最高統帥。恭帝時率領禁軍至陳橋驛，眾將擁他為帝，使周滅亡，世稱陳橋兵變。

「多謝厚愛，宋江只是一個鄙陋小吏，特地前來投靠。」他見柴進情意真誠，心中歡喜。

柴進拉著宋江的手，帶他進入正廳，滿臉喜色的說：「怪不得昨晚燭花結了雙蕊，今天早上又有喜鵲吵鬧，原來是預告有貴人到來。」柴進坐在主位上，笑著說：「宋兄一向在鄆城縣中任職，今天怎麼有空到我們這窮鄉僻壤來呢？」

「說來慚愧，宋江不成材，做出一件沒出息的事，因為沒地方安身，久聞您的聲名，所以特地前來投奔。」宋江將殺死閻婆惜一事告訴柴進，柴進不以為意的笑著說：「宋兄放心，就算你殺了朝廷命官、劫了國庫錢財，柴進也敢將你藏在莊裡，何況宋兄只不過是殺了一個該死的淫婦，根本不值得一提！」說著便請宋江先洗去一身風塵，再為他擺酒設宴。

兩人互相聞名已久，今日同席而坐，彼此訴說仰慕之意，酒到杯乾，十分暢快。轉眼天色已晚，宋江有了幾分酒意，便想停杯不飲，柴進哪裡肯依，連連勸酒，直到初更時分，宋江腦中有些混沌，只好推說要去方便好躲酒，柴進便命人提著燈籠領宋江去茅房。

宋江此時已有八分酒意，走起路來歪歪斜斜的，加上醉眼迷濛，沒看見廊下蹲著一個大漢在火盆邊取

暖，一個不小心，一腳踢在火盆上，弄得炭火飛揚，差點燒在大漢身上。大漢吃了一驚，嚇出一身汗來，氣得一把扯住宋江，斥喝：「你是什麼傢伙，敢來戲弄老子！」

宋江也嚇了一跳，正要道歉，旁邊提燈籠的僕人已經搶著開口：「不得無禮！這位是老爺最重要的客人。」

這麼折騰下來，宋江酒也醒了一半，見眼前大漢身長八尺，相貌堂堂，雖然衣衫襤褸、一臉病容，但舉止氣勢依舊豪邁出群，心中不禁尋思：「此人一身落魄，卻掩不住英氣，看來也是個值得結交的豪爽漢子。」

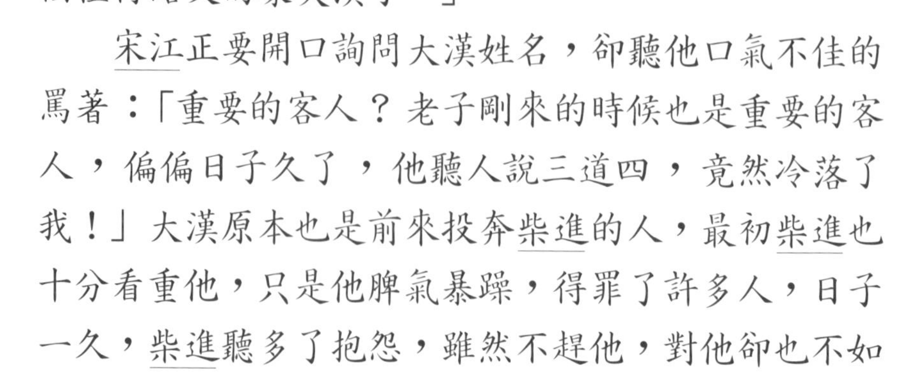

宋江正要開口詢問大漢姓名，卻聽他口氣不佳的罵著：「重要的客人？老子剛來的時候也是重要的客人，偏偏日子久了，他聽人說三道四，竟然冷落了我！」大漢原本也是前來投奔柴進的人，最初柴進也十分看重他，只是他脾氣暴躁，得罪了許多人，日子一久，柴進聽多了抱怨，雖然不趕他，對他卻也不如以往熱絡。如今他被宋江這麼一嚇，勾起舊怨，提起拳頭就要打宋江，僕人連忙來勸阻。

這時，前方忽然傳來紛亂的腳步聲，好幾盞燈籠亮晃晃的靠近，只見柴進走過來，說：「我到處找不著押司，原來在這裡。」

大漢嘴裡咕咕噥噥，自言自語：「押個什麼鬼司？哪裡來的？他比得上鄆城縣的宋押司嗎？比得上嗎？人家可是聞名天下的好漢，幫起人來有頭有尾、有始有終。等老子病好了，我就去投奔他，省得在這裡受氣！」

柴進與宋江對看一眼，忍不住笑著說：「兄弟，你認得宋押司嗎？想不想見他一面？」

「要是不想見他，說這些閒話做什麼？」大漢見身旁的人臉色古怪，要笑不笑的，生氣的說：「老子是不認得，那又怎樣？要是讓我有緣見到他，那也是三生有幸。」

「說起這宋押司，卻也不難見，他遠在天邊，近在眼前，你握著拳頭要打的這位就是。」柴進忍著笑，指著宋江說。

「真的嗎？」大漢瞪著宋江。宋江的衣襟還被他扯著，對眼前的情況感到既好笑又無奈，苦笑著說：

「謝謝兄弟賞識，我便是宋江。」

大漢一聽，連忙放開宋江，翻身便拜。宋江見他一表人才，正有意與他結交，連忙拉起他，詢問他的姓名，才知道這人名叫武松，因在清河縣誤傷人命，所以來到柴進這裡避難，住了將近一年，才知道那個人原來沒死，正想動身回家時，不料卻身染瘧疾，無法啟程。剛才他就是因為身子發冷，所以蹲在廊下烤火，沒想到卻被宋江踢翻了火盆。

宋江聽了這話，連連道歉，武松卻笑著說：「看到大哥，小弟病倒好了一半，而且我得這病，只顧發冷，怎麼治都治不好，剛才嚇了一跳，出了一身汗，這時反而覺得清爽許多。」

柴進與宋江聽了這話大喜，當下重整酒席，三人暢飲至深夜才結束。宋江見武松豪邁爽朗，覺得與他十分投緣，就留他一起在西廂安歇，日日同飲同宿，還出資給他做衣服，宋江對武松如此看重，連帶柴進也對他另眼相待。

宋江與武松認識時間雖短，但兩人處境相似，意氣相投，因此對彼此情義深長。武松見宋江名滿天下，對待自己卻十分和

氣，對比之前被柴進冷落的遭遇，不禁對宋江更加佩服敬愛。

過了十多天，武松要回清河縣去探望兄長，便向柴進、宋江告辭。柴進與宋江苦留不住他，只好送他上路。

臨別之際，兩人都十分不捨，宋江一直不忍與武松分離，因此一段路送過了一段路。走了五、六里路，武松勸他：「大哥，路途遠了，您也該回去了。」宋江應了一聲，還是不忍分別，便說：「再多送幾步路又何妨？」

武松聽他如此說，心裡十分感動，兩人一路上隨意談天，不知不覺又走了兩、三里。武松又勸：「大哥無須再送，俗話說『送君千里，終須一別』，現在走了這麼遠，只怕柴兄弟掛念你。」

宋江點點頭，見前方有間酒店，便說：「不然我們到那間酒店裡，喝三杯作別。」進到酒坊，兩人喝了幾杯酒，看看紅日西斜，武松舉杯說：「若是大哥不嫌棄，就在這裡受我四拜，拜為義兄。」宋江

大喜，兩人當下結為兄弟。宋江拿出銀兩，交給武松作為旅費，武松原本不願接受，無奈宋江堅持，只好收下。兩人又喝了幾杯酒，武松才忍淚向宋江告別，轉身離去。

宋江站在路口，看著武松漸漸離去的背影，心想好不容易結交到如此推心置腹的兄弟，下次見面卻不知道是何時了，內心無限惆悵。一直到看不見武松的背影了，宋江才調頭回柴進莊院。

武松離去之後，宋江在柴進莊院又住了一年多，柴進對他殷懃周到，讓他十分感謝。這時，清風寨知寨「小李廣」花榮，聽說他住在柴進莊院，一再寫信邀約，希望他前往清風寨一敘。宋江也覺得自己在柴進這裡叨擾過久，又想多結交一些江湖上的好友，便向柴進告別，動身前往清風寨。

清風寨位在清風鎮上，因附近有座清風山而得名。宋江走了幾天，不知不覺已來到清風山。清風山山勢奇特、樹木稠密，風景絕佳。宋江一路走來，只覺得佳景處處，心情愉快，忍不住多走了一些路程，結果竟錯過了客棧。轉眼天色已晚，寒意漸升，宋江在心中暗罵自己，腳下仍不忘急匆匆的趕路。

走了不知道多久，天色越來越黑，前方的道路越來越難以辨認，匆忙間，宋江腳上似乎被絆了一下，樹林中響起一陣銅鈴聲。宋江心裡一驚，正在暗自戒備時，黑暗處突然跳出十幾個人，口裡連連呼喝。宋江死命睜大雙眼，希望能在黑暗中尋得一條出路，卻只聽見「颼颼颼」幾聲連響，接著便覺身上一緊，竟已被人用繩索套住。那些人吆喝一聲，搶了宋江的包袱，點亮火把，把他捉上山去。

宋江只覺得運氣不好，竟然遭逢此難，正在心中感嘆不已時，忽然聽到有人叫著：「這不是及時雨宋公明嗎？」宋江還來不及看說話的是誰，那人已經揮刀割斷繩索，並脫下自己身上的棉袍披在宋江身上，熱切的拉他坐下，還呼喚其他人快來拜見。

情勢轉變太快，宋江一時還反應不過來，那人已經連同眾人向他行大禮，他連忙起身還禮，不解的問：「壯士為何行此大禮？宋江承受不起。」

那人回答：「小弟名叫燕順，江湖上人稱『錦毛虎』，在這裡占山為王。久聞黑三郎宋江仗義疏財、濟困扶危，心中仰慕已久，雖曾與您有過一面之緣，可惜沒有機會相識，沒想到今日卻在這裡相會。我的手下有眼不識泰山，無禮冒犯，請多見諒。」

宋江連聲謙遜，轉身問起燕順身旁二人的姓名，一個名叫王英，因生得矮小，人稱「矮腳虎」；另一個名叫鄭天壽，生著一張白淨臉蛋，外號「白面郎君」，分別是清風山上的第二、第三把交椅。

宋江雖知自己在江湖上有些名氣，但從沒想過離家鄉如此遙遠的地方，竟還有江湖豪傑這麼推崇自己，胸口不禁有一股豪氣升起，想做出一番大事，才不辜負眾人對他的尊崇。他深深吸了口氣，和三人一一行禮，燕順連忙吩咐擺上酒席，四個人同桌喝酒，直到五更才各自回房。

隔天，嘍囉向燕順稟報山寨事務，宋江原本想要避嫌退開，豈知燕順把宋江當自己人，要嘍囉直說無妨，才知原來一早王英率眾下山搶了一頂轎子，其中只有一個銀香盒，別無其他財物。燕順苦笑搖頭，問：「那轎子現在抬到哪裡去了？」

「王頭領見裡面坐著一個少婦，吩咐抬到他房裡去了。」

燕順聽了大笑，搖頭說：「王兄弟什麼都好，就是好色這個毛病改不掉。」

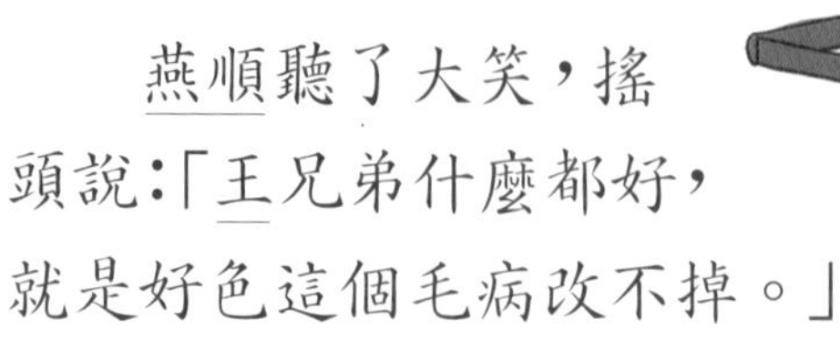

宋江眉頭一皺，說：「王大哥如此貪好女色，淫辱他人妻兒，可不是好漢的行徑！燕大哥和我去勸勸他吧？」燕順因為敬重宋江為人，便同意了他的請求，帶他到王英房中。王英正要摟抱婦人，見兩人進房，連忙推開婦人，正襟危坐。

宋江問起婦人出身，沒想到竟是清風寨知寨的妻子，宋江以為她是花榮之妻，便問：「妳丈夫花榮怎麼放心讓妳獨自出門？」

婦人一愣，說：「大王搞錯了，我不是花知寨的妻子，現今清風寨有兩個知寨，一文一武，分駐南北，我是文知寨劉高之妻。」

宋江點點頭，對王英說：「王大哥，你身為好漢，卻如此好色，難道不怕外人恥笑嗎？更何況她還是朝廷官員的夫人，王大哥能否看在我的面子，以及好漢大義上，放她下山回去吧。」

王英心裡還在猶豫，燕順已經叫人把轎夫喚來，並抬來轎子要讓婦人下山，婦人連忙跪倒，向宋江磕頭道謝，一磕一聲：「謝大王相救。」宋江扶起她，說：「夫人無須言謝，我不是山寨裡大王，只是路過的客人罷了。」婦人又向宋江一拜，坐進轎裡，兩個轎夫飛也似的抬著轎子奔下山去。

宋江、燕順見王英一臉氣悶，只好上前對他勸解，過了很久他才不介意。宋江與燕順等人雖然投緣，但他心裡掛念著花榮，所以只在清風山上住了幾天，便向燕順等人告辭，繼續前往清風寨。

第五章 受難清風寨

宋江與花榮幾年沒見，這次見面實在是有說不盡的歡喜，兩人以往事佐酒，談談說說，不知不覺已是華燈初上之時。花榮命人擺上晚飯，席間宋江說起在清風山上救了劉知寨的夫人，花榮卻皺起眉頭，說：「大哥，你沒事費力去救那婦人做什麼？」

「奇怪！」宋江詫異的說：「我想她是你同僚的妻子，所以不管會不會讓王英沒面子，極力救她下山，你怎麼會說出這樣的話呢？」

「唉，大哥你不知道，若是這清風寨仍是只有小弟一人在此把守，遠近賊寇豈敢輕易騷擾地方？最近偏偏來了個窮酸劉高來這裡當正知寨，這傢伙雖然是文官，其實不識字，到任以來，除了貪汙納賄，沒別的專長，小弟每次被他氣得只想一箭往他喉嚨射過去。他的夫人更是出了名的不賢良，盡挑撥丈夫做些不仁不義的事，偏偏大哥還救了她。」花榮攤攤手，一臉無奈。宋江聽他說起同僚失和，也只能盡力勸他放寬心。

花榮笑著說:「改天再對那傢伙說大哥救了他妻子的事，倒要看他怎樣說，到時大哥再勸他幾句，也許他比較聽得進去。」宋江笑著搖搖頭，話題一轉，說起晁蓋、武松等好漢的事蹟，花榮聽得津津有味，連連叫好，兩人一直聊到深夜，才各自去歇息。

自宋江到清風寨後，花榮每天帶他四處遊賞，若是自己沒有空，便派心腹手下陪著宋江。轉眼已近元宵佳節，宋江聽人說起清風鎮今年的元宵燈會，辨得喜氣洋洋，熱鬧滾滾。鎮民在土地公廟前紮起一座燈山，上頭張掛了六、七百盞花燈，裝飾著各式彩紙、彩帶，非常繁華美麗。此外，家家戶戶門前都拉起燈棚，懸掛各式各樣的花燈，有畫著各種故事的，也有剪成牡丹、芙蓉等花樣的彩燈，到了夜裡，鎮上還有戲劇表演、雜耍，熱鬧非凡。

元宵節當天，花榮因職務的關係，必須各處巡視，好防範盜賊趁機作亂，所以派人帶宋江去看花燈。宋江走在街上，只見鑼鼓喧天，處處人聲喧嘩，裝飾著各色花燈的綵車一輛輛過去，他和身邊的人在路邊指指點點，笑聲不絕。剛好劉高夫妻也出來看花燈，劉夫人聽到宋江的笑聲，回頭一看，認出他正是當日在

清風山上的盜匪，她想起當時被王英擄走的情景，心中不由得發怒，扯了扯丈夫的衣袖，指著宋江，低聲說：「相公，你瞧，那天在清風山下搶我上山的盜賊，這會兒居然大搖大擺的到我們這裡看起花燈來了。」

劉高連忙叫五、六個隨從的官兵捉住那個正在大笑的黑漢子。宋江耳尖，一聽見這句話，轉身便往人群裡鑽，但還沒走到街角，幾個官兵已經趕上，將他一把抓住，五花大綁的押往官廳。跟在宋江身邊的人無法出手阻止，只好急忙去通報花榮。

宋江被捉到廳前，那些人狠狠的將他摔在地下，宋江還不及反應，就聽見劉高在堂上大喝：「你這個清風山上打家劫舍的小賊，也敢到鎮上看花燈，簡直不把官府看在眼裡，如今既已被擒獲，最好把你到鎮上的目的一五一十的招出來，不然本知寨饒不了你！」

「冤枉啊！大人。我只是路過的客人，名叫張三，是花知寨多年好友，並非清風山上的盜匪，這中間必然有誤會，請大人明察。」

「哪裡有誤會？你這小賊還想賴呢，你忘了我在那山寨中，還曾經叫你大王嗎？」劉夫人從屏風後走出來，冷冷看了宋江一眼。

宋江心想自己曾經救她一命，或許有一線生機，便急忙說：「夫人，難道妳忘了，那時我曾對妳說，我只是個客人，也是被擄上山，並非山中大王啊。」

「你說你被擄上山，那怎麼現在又能下山來了？分明是說謊！」劉夫人冷哼一聲。宋江心裡一急，忍不住說：「夫人，妳完全不念我當日極力救妳下山，硬要說我是賊人嗎？」

劉夫人揚起眉毛，指著宋江大罵：「像你這種頑劣的人，若是不用大刑，如何肯招！」劉高點點頭，下令對宋江用刑，打得宋江皮開肉綻、鮮血迸流，昏暈在地，狀況悽慘。劉高瞄了宋江一眼，冷笑一聲，下令：「拿鐵鏈大鎖把他鎖了，明天押解上京，就說是捉到清風山盜匪『鄆城虎張三』。」

宋江半昏半醒，聽見劉高不分青紅皂白，竟要將他當作盜匪押解上京，還揑造了什麼「鄆城虎」的名號，分明就是貪圖功勞，絲毫不顧百姓死活冤屈。宋江心想：「這樣的人，竟是清風寨的統領者，怎麼不令人心寒？日後我就算能減罪回鄉，重回衙門做吏，仍是在這種不顧黎民百姓的官員手下做事，豈不氣悶？」他又想起清風山上燕順等人對他何等看重，如今遭受不白之冤，大刑加身，性命難保，處境天差地遠，不禁萬分感嘆。

此時，守門軍士拿著一封書信進來，原來是花榮寫來為宋江解除罪名的短箋，劉高命人念出書信內容，不等聽完就憤怒的將短箋搶過去，三兩下撕個粉碎，大罵：「花榮，你身為朝廷命官，竟敢與欽犯勾結，那傢伙明明已經招認是鄆城張三，你卻說他是濟州劉丈，當我是蠢蛋嗎？來人，把花知寨派來的人打二十大板，轟出去！」

花榮在府中聽到消息，連忙穿戴盔甲，拿了弓箭，帶了幾十個軍漢，急急忙忙的趕到劉高寨裡。守門的官兵見花榮聲勢浩大，不敢阻擋，讓他直奔到廳前。花榮手拿長槍，大喝：「請劉知寨出來說話。」

劉高聽說花榮來勢洶洶，哪裡敢出來相見？花榮等了一會兒，見劉高龜縮不出，便派親隨進去搜人。沒多久就在其中一間房裡找到宋江，只見他被人用麻繩高高吊在梁上，手腳都用鐵鍊鎖著，渾身傷痕累累，幾個軍漢連忙將宋江救下。

花榮派人先把宋江送回家去，吩咐立刻請大夫為

他醫治，隨後翻身上馬，揚鞭向著劉高府裡斥喝：「劉高，雖然你是正知寨，但我花榮也不怕你。誰家裡沒有親眷，我好好一個表兄，你硬要說成賊，分明是欺負人！你如果想再放肆，先問我手中弓箭答應不答應！」

花榮豎起長弓，拍馬奔出，右手抽箭在手，「颼颼颼」三聲連響，從三個方向連續射出三箭，三箭去勢疾如流星，一箭比一箭更快。只見第一箭射中前方旗竿，旗竿從中應聲折斷，第二箭在旗竿斷落之前，射斷竿頂繫旗的旗繩，旗幟緩緩飄落，第三箭破空而至，穿過旗幟，「奪」的一聲，將旗幟釘在劉府大門匾額上。

一陣風過，旗幟在匾額上獵獵飄動，劉府眾人見花榮露了這一手神箭絕技，皆驚懼不已。花榮冷笑一聲，一夾馬腹，自顧自的走了。

回到府中，他連忙去探視宋江，此時宋江已經清醒，對花榮不顧自身安危，仗義相救，心中感激，見他進來，勉強撐起身子說：「感謝賢弟相救。」

「大哥客氣什麼，都是小弟害了你，才會讓你受委屈。」

「這事與你無關，都是劉高夫妻所害，我只擔心你今日硬將我奪回，劉高恐怕不會放過你。」

「諒那劉高沒有這個能耐，他若是敢來，就讓他嚐嚐我手中的弓箭。」花榮恨恨的說。

宋江嘆了口氣，說：「賢弟還是這麼衝動，你們是同僚，他不必和你硬來，只須向上級參你一本，和你對簿公堂，我人在你府裡，你便理虧，哪裡告得過他？我想我先上清風山躲避一段時間，你才好去和他爭論。」

「大哥說的對。」花榮依著宋江的建議，派人連夜將他送上清風山。誰知劉高雖然無能，卻有一些小聰明，心想花榮勢必會讓宋江上清風山去躲避，因此派了人在路上埋伏，果然又捉回宋江。

劉高接著叫人寫了一封狀紙，上青州府控告花榮勾結盜匪，青州府衙不分青紅皂白，竟派人捉拿花榮。劉高見計謀得逞，不禁得意洋洋，準備將宋江與花榮押解進京。燕順等人聽說此事，便埋伏在劉高上京必經之路，趁勢救出兩人，同時順手結束劉高夫妻的性命，也算是為宋江和花榮出了口氣。

宋江意外獲救，當下向眾人拜謝，說：「這次宋江落難，多虧各位出力相救，小弟實在非常感激。但此山恐怕不是久留之地，若是大軍到來，將此山四面圍住，只怕難以抵擋敵人的攻擊。因此小弟想勸大家到梁山泊去，我有幾個知交好友在那裡安居，若見到眾位英雄前去，他們必定歡喜結交，不知大家覺得如何？」宋江向他們說起梁山泊易守難攻的地理環境，日後若想做一番大事，那裡正是絕佳的根據地。

眾人聽說有此去處，宋江又是那裡的大恩人，正可引薦，全部欣然同意。燕順當下喚來嘍囉們準備車馬，收拾好財物行李，便放火把山寨燒個精光，分做三隊先後出發，往梁山泊去了。

宋江與花榮、燕順率先前行，走了幾日，這天接近中午，一群人正在趕路，忽然看見路旁有間酒店，宋江便對燕順說：「眾兄弟走得累了，吃些酒肉再趕路吧！」此話一出，眾人一陣歡呼，宋江微微一笑，翻身下馬，與花榮、燕順一同進入酒店。

酒店中人聲鼎沸、高朋滿座，燕順見店中較大的座位都坐滿了，只有靠窗的一處大座位單坐著一個大

漢在喝酒，他給了酒保一錠銀子，麻煩他去請那個大漢挪出幾個位子。誰知大漢執意不肯，反倒口出惡言，拍桌大罵：「不管是誰，老子說不讓就不讓！告訴你們這群混帳，除非是山東及時雨來這裡，否則哪怕是天皇老子到來，也別指望老子讓座！」

眾人暗自覺得奇怪，擔心有詐，便用言語套問。這才發現此人雖然不認識宋江，但言談之中對宋江非常敬重。只聽見他說完宋江的諸多優點之後，十分可惜的說：「老子先前好不容易有機會到宋押司家裡拜訪，誰知老子沒福分，碰巧遇上宋押司出門去了。倒是宋押司的弟弟看得起我，聽說宋押司現在在清風寨，便託我替他送封家書給宋押司。」

宋江聽見這大漢提起家書，怕家中有意外，立刻上前對他行禮，說：「多謝好漢看得起我，我便是宋江，不知道我弟弟交給你的書信在哪裡？」

大漢喜得連忙下拜，說：「我真是有眼無珠，若是在這裡錯過了您，我豈不是白走一遭？」宋江將他扶起，接過家書，見封皮逆封*，上頭也沒有「平安」

* 逆封：古時告知噩耗、凶訊的書信，往往將信封封口逆向封起，以便與一般書信作區隔，也好讓收信的人預先有心理準備。

二字，心中憂急，顧不得旁人，當場將家書拆開。只見信上寫著：

父親於今年正月初因病身故，現今停喪在家，等哥哥回家遷葬。千萬不可擔誤！

弟宋清落筆

宋江看完家書，猶如頭上打了個焦雷，雙腿一軟，「叩」的一聲跪在地上，哭著說：「爹，請恕孩兒不孝！」花榮等人連忙過來慰問。宋江把家書遞給他們，擦乾眼淚說：「各位兄弟，不是小弟薄情寡義不願同往梁山泊，實在是心中一向記掛的只有父親，如今父親過世，必須盡快趕回去，只好請兄弟們自己上山了。」宋江向店家借來文房四寶，寫下一封引薦眾人去梁山泊入夥的信交給燕順，便立刻拿起包袱，急急返家。

第六章 吟反詩

宋江心中一向敬愛父親，這次逃離在外，未能奉養父親，其實是萬不得已，如今聽聞這個消息，不禁非常焦慮。與眾人分手之後，他披星戴月的趕路，只希望能早一步到家。等到宋江回到宋家莊時，卻發現家中並未設置靈堂，內外一片安靜。宋江狐疑的往屋裡走進去，在裡頭的宋清聽見聲響，連忙出來迎接。

宋江見宋清並未戴孝，先是放下心來，轉念一想，不禁勃然大怒，指著宋清大罵：「你這混帳畜牲，爹明明健在，你為何寫那種書信來戲弄我？」宋江提起拳頭就要打他，宋清正要解釋，宋太公聽見聲音從屋裡走了出來，叫著：「這不關他的事，是我每天想著要見你，又想你在江湖上受人敬重，聲氣相投的好友很多，怕你一時被人拉著去落草*，所以才叫他在信上寫說我死了，這樣你才會回來得快些。」

*落草：指淪落江湖草野，成為盜匪。

宋江想到自己若不是剛好接到家書，確實差點就要到梁山泊入夥，不禁冷汗直流。他為人子女，逃罪在外，讓父親如此擔憂，已屬不孝，若再做出有違父親期待的事，將來有何面目面對父親、祖宗？想到這裡，宋江不由得慚愧萬分。

宋太公問起分離一年多來的事，宋江不希望父親擔心，所以只講述一些不重要的事情。這時，眾人忽然聽見前後門人聲吵雜，紛紛出去看視，卻發現四周都是火把，宋家莊已被團團圍住，一群人鬧哄哄的叫著：「別讓宋江逃走了！」

宋太公連連叫苦，扯著宋江衣袖，慌得不知如何是好。宋江見情勢已難挽回，為免父親擔憂，便說：「爹，您不用擔心，如今朝廷冊立太子，大赦天下，我就算被捕，頂多判個流配，沒什麼大不了的，時限一到，依舊能返家侍奉您，總比我在江湖上東躲西藏，不知何日可以相聚來得強啊。」他已經決意投案，以免宋太公日後遭受官府騷擾。

「對，對，你說的是，如果我們再用點錢，判個好地方，你也不至於吃苦。」宋太公點點頭，心神略定。宋江見父親不再惶急，便拍了拍他的手，隨著前來捉拿的官兵走了。

隔天，宋太公起了個大早，到縣衙裡到處賄賂，加上宋江當初在縣衙時，上上下下哪個人沒受過他的恩惠？因此人人都替他討饒，知縣也有意開赦他，最後只輕判他流配江州。

臨走時，宋太公在村口替宋江送行，殷殷叮囑：「我知道江州是個好地方，所以特地用錢買到那裡去，你可以放心在那邊生活，至於日常費用我會常常派人送去，不用擔心。還有，你這次流配路上，正好從梁山泊經過，如果他們下山來逼你入夥，千萬不可依他們，免得被人罵做不忠不孝，知道嗎？」

宋江點頭答應，灑淚向父親拜別，又叮嚀宋清好好照顧父親。宋太公則暗地裡塞銀兩給兩個差役，請求他們一路上照顧宋江。如此叨叨絮絮的囑託了一陣，兩個差役才押著宋江動身上路。

走了大約一天，眼看就要經過梁山泊，宋江心想如果遇上晁蓋、吳用等人，難免要多費口舌，倒也麻煩。因此他和兩個差役商量，決定隔天改走小路，免得遇上梁山泊好漢，連累他們受驚。

隔天，三人清晨便起身出發，並專挑偏僻小路走，走了約三十里路，前面山坡後忽然冒出一夥人，宋江仔細一看，心裡暗自叫苦，來的人正是赤髮鬼劉唐，還帶領著三、四十人，要來殺兩個差役。兩人嚇得慌忙跪下，宋江連忙上前攔住劉唐：「慢著！兄弟，這兩人一路上折磨得我好苦，你把刀給我，讓我來殺。」

劉唐將刀遞給宋江，口裡說著：「聽說大哥流配江州，山上眾位哥哥吩咐在四路等候，要迎接您上山，這兩個差役既然無禮，一刀殺了倒好。」

宋江接過刀，順手將刀橫架在自己的頸間，說：「你們這不是抬舉我，而是陷我於不忠不孝，我曾答應父親，不會在此落草，你們如果執意逼我入夥，我寧可當場自盡，也絕不會違背父命！」

劉唐見宋江如此，連忙要奪刀，宋江向後退了一步，將刀又往頸子壓近了些。劉唐大吃一驚，哪敢再輕舉妄動。此時，一枝羽箭從宋江身後射來，「鏗」的一聲打下宋江手中刀子，宋江回頭一看，果然是小李廣花榮。

只見花榮、吳用騎馬上前，宋江見了兩人，將先前的話重複一遍。吳用知道他心意堅決，也不再多勸，只說：「雖然如此，您與大家許久未見，不如在此停留幾日，改日再啟程。」

宋江猶豫了一下，扶起兩位差役，說：「二位放心，他們都是說話算話的好漢，這次上山，我寧可不要性命，也不會讓他們傷害二位。」宋江知道吳用一向智計百出，於是先將話說在前頭，免得眾人假意合作，到了山上卻害了兩人性命，好讓他不得不入夥。宋江在聚義廳上向所有人說明自己的心意，眾人知他心意已定，便只是喝酒，不再多言。

過了幾天，宋江向眾人告別。吳用對宋江說：「大哥一心顧全孝道，兄弟們也不勉強，您這次去江州，也不知吉凶如何，小弟有個好友名叫戴宗，在江州做兩院押牢節級*，因他有道術，一日能行八百里，所以人稱『神行太保』。昨夜小弟寫了一封書信，大哥可帶去與他相認，若有什麼事，也好讓兄弟們知道。」宋江接過書信，向眾人行了個禮，隨即和兩個差役下山。兩個差役這次均靠宋江才能撿回性命，因此沿路對宋江都很照顧。

來到江州，與當地官員移交完畢，倒也相安無事了半個月。一日，

*押牢節級：相當於現在的監獄典獄長。

宋江回想到江州來的這一路上，雖遇上幾次危難，所幸最後都有驚無險，還因此認識了不少江湖上的好漢，個個都是血性漢子。正在他思念眾人時，幾個小兵跑來找他，說本地節級遲遲未收到新來流配犯人的常例錢*，因此親自過來監看。那些小兵對宋江說：「早就叫你要將常例錢送去，你偏不聽，這下可好，你只怕有苦頭吃了。」

「無妨，我還在愁找不到他，正好他就自己送上門來了。」宋江微微一笑，轉身便去見戴宗。才走到廳前，就聽見裡頭喝罵聲不絕，宋江悠悠哉哉的晃了進去，戴宗看了他一眼，問：「你就是新來的流配犯人？」

宋江緩緩的點了點頭，戴宗見他一副滿不在乎的模樣，怒從心起，大罵：「好你個賊配軍！竟敢如此無禮，來人，給我重打一百軍棍。」廳上的人個個與宋江交好，聽說要打他，不禁面面相覷。宋江也不緊張，看著戴宗笑說：「我無禮就要打一百軍棍，那結識梁山泊強盜該怎麼辦？」

戴宗聽了這話，不由得一驚，故作鎮定的問：「你

*常例錢：指按照慣例收取的費用。

這話是什麼意思？」宋江便將吳用的書信取出。戴宗看了吳用的書信，確定眼前的人即是宋江，心中喜悅萬分，連忙向他告罪。

宋江笑著說：「宋江並不是吝惜幾個常例錢，只是若不如此，不知何時才有機會跟戴兄弟相見，還請原諒我的無禮。」

「宋兄哪裡的話，都是小弟不好，我只聽說有個姓宋的流配犯人，卻不知竟是宋兄，要是小弟知道，肯定早早就奔來拜見，哪裡還等到今日。」戴宗心情大好，一意要到酒館設宴款待宋江，宋江無法推辭，只好跟著他來到鎮上。

兩人才走到酒館前，就有個酒保像得了救星似的，衝著戴宗叫著：「幸好大人在這個時候來了，那傢伙喝了幾杯酒，在酒館裡到處找人借錢，我們沒辦法，請大人快去勸勸他。」

戴宗皺了皺眉，說：「又是他在胡鬧，不妨，我去叫他，你先替我好好招呼這位客人。」說完便往酒館裡走。

酒保鬆了口氣，慇懃招呼宋江到樓上雅座，手腳俐落的送上幾樣酒菜。宋江才喝了兩杯酒，就見戴宗領著一個大漢上樓，細看那個大漢，長得高大壯碩、渾身肌肉，膚色黝黑發亮，宋江不由得在心中暗暗喝采。

「哥哥，這黑矮子是誰？」大漢跟著戴宗走到座位旁，看見座上坐著一個生面孔，也不打招呼，就直言詢問。

戴宗翻了翻白眼，對宋江笑著說：「大哥，這個兄弟叫做李逵，外號『黑旋風』，鄉裡人都叫他『李鐵牛』。你別笑話，這個人就是這麼粗魯，一點禮貌也不懂得。」接著他轉頭罵李逵：「你應該問『這位大爺是誰』，哪有人這樣說話的？也不怕讓人恥笑。」

「一樣都是問，有什麼鳥差別？」李逵生性粗率，不覺得自己有什麼不對。戴宗嘆了口氣，對他說：「罷了。這就是你常常念著要去投靠的那位義士，及時雨宋公明。」

「山東黑宋江？沒唬弄我？」李逵挑高雙眉，有點不信。戴宗見他如此無禮，忍不住又白了他一眼，不過宋江喜愛他性子質樸，並不以為意，笑著說：「我正是山東黑宋江。」

李逵喜得連忙下拜，宋江扶起他，拉著他一同入座，三人便在這樓上說起江湖上的英雄事蹟。宋江見戴宗和李逵都是一片至誠，心中十分歡喜，三人酒到杯乾，一直飲到夜深才散。

一日宋江無事，便想找戴宗、李逵談天。誰知兩人卻都不在，也不知到哪裡去了，宋江一個人找了幾個地方，覺得心裡悶悶的，便隨意漫步，不知不覺間已走到城外。

城外江景壯闊，宋江望著滾滾江濤，沿著江岸緩緩而行，一時心中煩悶盡去。走沒多久，只見眼前有間酒樓，牌匾上竟是蘇東坡親筆寫的「潯陽樓」三個大字。宋江還在鄆城縣時就常聽人說起這間酒樓，此時怎肯錯過，他立刻入內上樓，隨意在靠江邊的一個位子坐下。

酒保送上美酒佳餚，菜式精細，杯盤整齊，宋江十分歡喜，當下拿起酒壺，面對著大江奔流的景色，就這麼自斟自飲起來。他倚靠著欄杆暢飲，不知不覺已有幾分酒意。

此時，宋江眼角餘光瞥見酒樓牆壁上有許多題詩，便搖晃著身子站起來，湊上前一首一首看過。突然他心中升起一股豪氣，整個人變得狂蕩起來，覺得翻江倒海、吞吐日月均非難事。一時之間，氣鼓胸臆，便向酒保要來筆墨，在壁上題詩：

心在山東身在吳，飄蓬江海漫嗟吁。
他時若遂凌雲志，敢笑黃巢不丈夫！

寫完最後一筆，宋江將詩再看了一回，不禁志得意滿，隨手在詩後寫上「鄆城宋江作」五個大字。他哈哈大笑，又連喝了幾杯酒，自覺酒力不支，腦子有些昏沉，付了酒錢，踉踉蹌蹌的回營裡去了。

江州地方有個閒官名叫黃文炳，是個阿諛諂媚、忌賢害能的人，鄉里中不知道有多少人吃過他的悶虧。近日他得知江州知府蔡九是當朝太師蔡京的兒子，所以經常買些禮物奉承他。這天，黃文炳又準備了幾樣禮物乘船渡江，豈料蔡九沒有空，他不敢驚擾，原本想轉回船上休息，經過潯陽樓時，聞到樓中酒香撲鼻，忍不住就走上樓想喝些酒解解饞。

一上樓，黃文炳就看見二樓牆上題詩處處，他一邊喝酒，一邊或讚或批，逐一看過各詩，等看到宋江寫的那首詩時，他渾身一震，自言自語：「這人口氣好大，竟說要勝過黃巢，那不是要造反的意思嗎？啊！

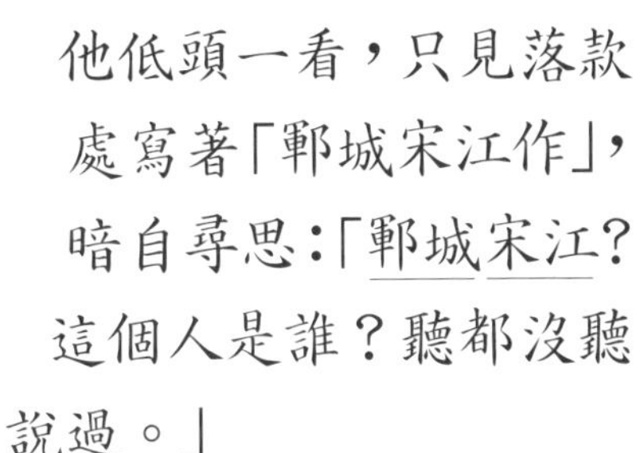

這是一首反詩啊！是誰這麼大剌剌的寫在這裡？」

他低頭一看，只見落款處寫著「鄆城宋江作」，暗自尋思：「鄆城宋江？這個人是誰？聽都沒聽說過。」

黃文炳抬手喚酒保過來詢問，酒保說：「黃昏的時候，那個人一個人來喝酒，面頰上刺了兩行金印*，大概是牢城營裡的人吧。」黃文炳低頭深思，向酒保借筆墨抄下宋江的詩，又吩咐酒保不可洗去牆上筆跡才離去。

隔天黃文炳又去求見蔡九。兩人寒暄幾句後，黃文炳試探的問：「大人，不知道京城近日可有什麼消息？」

蔡九嘆了口氣，說：「我父親日前來信，談到觀測天象的司天監預測吳、楚一帶恐怕有人帶頭作亂，加上近來京城街上小孩到處傳唱什麼『耗國因家木，刀兵點水工；縱橫三十六，播亂在山東』的童謠，因此

*金印：古時流放罪人臉上須紋上文字，與一般百姓作為區隔。

我父親特別叮囑我，務必小心看守地方。」

黃文炳心中一動，笑著說：「我昨日經過潯陽樓，得知一個訊息，正好與您父親信上所言相符，如今細細想來，若非大人洪福齊天，世上哪有如此湊巧的事呢？」他取出昨日抄下的詩，恭恭敬敬的呈給蔡九。

蔡九一看，心中大喜，說：「這首反詩，你是從哪裡得來的？」黃文炳便將昨日打聽到的消息告訴蔡九，然而蔡九聽了卻有些洩氣：「只不過是個流配犯人，能有什麼作為呢？」

「大人，雖然他只是個流配犯人，但剛才您所念的童謠，都正巧應驗在他身上啊！」黃文炳不等蔡九詢問，自顧自的解釋：「大人您想想，那首童謠第一句『耗國因家木』，耗散國家錢糧的人，必是『家』頭下面一個『木』字，不就是個『宋』字嗎？第二句『刀兵點水工』，興起刀兵的人，『水』邊加上個『工』字，正好是個『江』字，這人名叫宋江，寫下反詩，又是山東鄆城縣人，不是全都符合嗎？」

蔡九越聽越覺得有理，立刻命人調來牢城營名冊，果然有鄆城縣宋江在內。黃文炳故作緊急的說：「哎呀！這正是應了謠言的那個人，此事非同小可啊，大人！若是稍有遲緩，只怕走漏了消息，讓宋江逃了怎

麼辦？我覺得還是盡快派人捉拿他，先關在牢裡，再慢慢商議比較好。」

蔡九也擔心會錯過這件天大的功勞，連忙喚來戴宗，命令他立即捉拿在潯陽樓題反詩的犯人宋江。戴宗聽了這道命令，不由得一驚，心中著急，卻又不能多說什麼，只好領命而去。

第七章 劫法場

戴宗滿心想要救宋江，偏偏蔡九命令緊急，令他幾乎沒有時間通知宋江。突然間，腦海中靈光閃過，戴宗心裡已有了計畫，便命眾衙役回去換上武裝，在城隍廟會合。等到眾人散去，他連忙施展神行法，轉瞬間來到宋江住處，宋江見他進來，十分歡喜，連忙起身相迎。戴宗也不寒暄，急忙說：「大哥，你在潯陽樓上寫了什麼？現在知府下令要我捉你呢！」

宋江大吃一驚，說：「我當時喝醉了，究竟寫了什麼，我自己也不記得了。沒想到知府因為這件事要捉拿我，那該如何是好？」

「小弟有個法子，或許可以保你平安無虞。」戴宗低聲指點宋江待會兒該如何行事後，又用神行法趕到城隍廟，若無其事的會同眾人前往牢城營捉拿宋江。

一群人聲勢浩大的來到牢城營中，卻看見宋江從茅廁尖叫著狂奔出來，渾身上下溼淋淋的沾滿屎尿，衣服扯得破爛襤褸，口中頻頻叫著：「我是玉皇大帝的女婿！岳父命我領十萬天兵來殺你江州百姓！閻羅王開路啊！殺了你們這些鳥人！殺了！全部殺了！」

戴宗一揮手，大聲喝斥：「來人，把宋江拿下！」

隨行的衙役個個面面相覷，對戴宗說：「節級，這人得了失心瘋，捉了他也沒有用啊。」

戴宗聽了這話，心裡竊喜，故意遲疑了一會兒，才說：「那依你們說，就不捉他，先去向知府回話？」眾人點點頭，戴宗不置可否，領著眾人回去向蔡九報告此事。

蔡九聽了稟報，還未說話，黃文炳已從屏風後轉出來，恭敬的說：「大人不要相信這些話！從這人的詩作、筆跡看來，不像是個瘋子，他的瘋病肯定是裝出來避禍的。大人可以傳喚獄卒前來詢問，若他剛到江州時就已經瘋傻，那自然是真瘋，若是近日才瘋，那必定是假瘋無疑。」

蔡九聽這話有理，立刻傳喚獄卒，一問之下，知道宋江是近日才瘋，不禁大怒，叫人立刻將宋江帶到，戴宗只能在心裡不停的咒罵黃文炳，卻也無計可施。

過沒多久，不知早已穿幫的宋江被帶到府衙大堂，仍然扯著喉嚨尖聲亂叫，假裝瘋狂。蔡九冷笑一聲，大喝：「來人，給我重重的打這個裝瘋賣傻的傢伙，打到他清醒為止。」眾衙役壓倒宋江，一連打了他五十棒，打得宋江死去活來、皮開肉綻、鮮血淋漓。戴宗不忍，卻又想不出法子相救，急得在心裡暗暗叫苦。

宋江剛開始還在胡言亂語，後來實在撐不住，只好招供：「大人見諒，我不該酒後誤寫反詩，但那只是一時酒後胡言，我並無造反意圖啊！」

蔡九一聽到宋江招認，哪裡肯聽他解釋，硬逼他畫了押，隨後叫人拿一副重達二十五斤的死囚枷將他鎖上，關到死囚牢中。戴宗無力相救，唯一能做的，就只是拜託獄卒們對宋江多加照顧。

剛拜託完獄卒，戴宗又接到蔡九召喚，連忙奔到後堂。蔡九吩咐：「我有幾樣禮物、一封信要送去東京太師府，聽說你可以神行百里，所以要派你替我走一遭。我已算過日期，你到太師府取了回信之後便回程，不得耽誤。你回去收拾、收拾，這兩日便啟程。」

戴宗不敢不依，回家中去準備，又怕自己離開之後，無人替宋江送飯，只好囑託李逵，要他時時去探

望。本來最愛喝酒鬧事的李逵，這回為了照顧宋江，竟然連酒也不喝，早晚只在牢裡服侍宋江。戴宗見李逵如此有心，才放心前往東京。他口誦咒語，施展神行法，耳邊風聲連響，周遭景物不斷變換，百里路程轉瞬即過。

此時是六月炎夏，戴宗正熱得口乾舌燥、汗流浹背，忽然看見前方樹林邊有座傍水臨湖的酒店，看上去十分幽靜，他停下神行法，進到酒店中，向酒保要了酒及一碗素麵。酒保才剛把篩*好的酒送上，戴宗正渴得緊，便咕嘟咕嘟的將整壺酒喝得涓滴不剩，等他要吃麵時，忽然覺得天旋地轉，接著便不省人事。

不久，屋裡走出一個人來，原來是旱地忽律朱貴。朱貴翻了翻戴宗的包袱，見裡頭有一包金銀和一封書信，上頭都貼了封條。他隨手將那封書信拆開，見信中提到已捉到反賊宋江，數日內就要處斬的事情，越看越驚，好一陣子說不出話來。朱貴一把拉起戴宗，

*篩：指過濾酒。中國古代釀酒多以煮熟的糧食加酒麴封存在罈中使之發酵，要喝時才開罈，篩除酵母渣滓之後飲用，所以古代喝酒也叫「篩酒」。

想把他弄醒問個明白，忽然從他身上掉出一塊腰牌，上頭寫著「江州兩院押牢節級戴宗」。

朱貴心想：「軍師曾說在江州有個至交，叫什麼神行太保戴宗，莫非便是此人？」想到這裡，他連忙回頭叫酒保取水來弄醒戴宗。

戴宗悠悠醒來，眨了眨眼，猛然跳起來，看到朱貴手上拿著拆封的書信，他怒火上衝，大喝：「你好大的膽子，開這黑店，用蒙汗藥將我迷昏，還敢擅自拆開太師府書信，該當何罪？」

「拆太師府書信算得了什麼？就算是聖旨，來一百道，我都還拆他一百零一道呢！」朱貴冷冷一笑，指著戴宗問：「我問你，你是什麼人？為什麼要害宋公明性命？」

戴宗大吃一驚，問：「這話從哪裡說起？宋江是我的好兄弟，我怎麼會害他？」朱貴將蔡九的信拿給他，戴宗一看，不免嚇出一身冷汗，連連跺腳。

朱貴見戴宗似乎對宋江頗為關心，於是向他說了自己的身分。戴宗得知朱貴是梁山泊好漢，喜出望外，

便將宋江獲罪、黃文炳挑撥等事仔細說了。朱貴知道此事非同小可，連忙帶領戴宗上山，好與晁蓋、吳用等人討論對策。晁蓋聽說宋江陷在江州，心裡著急，立即召集人馬，就要去打江州。

吳用思考了一下，勸說：「大哥，不可倉促行事。江州路途遙遠，我們大批人馬前去，必然打草驚蛇，只怕反倒提早送了宋恩公的性命。依小弟看，此事不可力敵，只宜智取。」吳用見晁蓋冷靜下來，才接著說：「如今我們只要捏造一封書信，讓蔡九知府將宋大哥押解上京，等押送隊伍經過這裡，我們再下山去劫他上來，如此守株待兔，豈不省事！」

晁蓋點點頭，想了一下，問：「賢弟此計雖然高妙，只是誰會寫蔡京筆跡，還有信上的印鑑又該如何處理？」

「這不難，蘇東坡、黃魯直、米元章、蔡京四家書體，如今天下盛行，大哥難道忘了擅長模仿字跡的『聖手書生』蕭讓？至於印章，『玉臂匠』金大堅的雕刻技術也毫不含糊啊！」吳用笑著提醒。

晁蓋拍了一下大腿，笑著說：「是啊！我糊塗了，有這兩位兄弟，此計必然可行。」小嘍囉請來蕭讓和金大堅，吳用向他們說明計策，兩人一聽此事攸關宋

江性命，便急忙分頭去進行。

「戴兄弟，你說蔡九知府算定你神行的時間，不許你有所耽擱，因此你拿了回信，就得立刻趕回江州去了。」吳用命人擺上筵席，與晁蓋等人齊敬戴宗，說：「你我兄弟許久未見，今日不能盡興，等到救出宋恩公後，你我再歡快暢飲，如何？」

戴宗笑著允諾，筵席還沒結束，蕭讓和金大堅已將書信完成，吳用看了一眼，隨手將書信交給戴宗。戴宗拿了信，向眾人告辭，念起神行法的咒語，邁開腳步，轉眼間便消失了蹤跡。眾人則在山寨中繼續飲酒。

酒席間，吳用一直覺得心神不寧，似乎遺漏了什麼事，心不在焉的和大家喝了幾杯酒，突然間他站起身，「啊」的一聲大叫，連連頓足，說：「我一時疏忽，只怕要害了戴宗和宋公明的性命了！」眾人連忙詢問原因，然而吳用一心只想著如何補救，無心說明，立刻與晁蓋調兵遣將，準備出兵去救宋江與戴宗。

戴宗算準日期，回到府衙向蔡九交差。蔡九看了回信，不疑有他，賞賜了戴宗，同時吩咐打造囚車，調派押送人馬。過了兩天，一切準備妥當，蔡九正要命人押送宋江上路，僕人卻通報黃文炳求見。蔡九見

到黃文炳，開心的對他說起回信內容，還恭喜他立下大功，很快就可以升遷。黃文炳詫異的問：「大人派去送信的人怎麼這麼快就回來了？」

「是啊！此人人稱神行太保，一日能行八百里呢。」黃文炳哦了一聲，蔡九見他似乎不信，笑著說：「你若是不信，回信就在這裡，你一旦看過，就知道我說的是真的。」

黃文炳接了信，恭敬的說：「失禮。」將信從頭到尾細細看了一遍，又把信封翻來覆去，仔細檢視，這才放下書信，搖頭說：「大人受騙了，這封信不是真的。」

蔡九十分訝異的說：「你這話從何說起？」黃文炳指著信封上的圖章，問：「請問大人，以往家中來信時，可曾蓋上這個圖章嗎？」蔡九接過信封，看了一會兒，遲疑的說：「倒是不曾見過。」

「由此可見，這封信肯定是假的。大人，當今天下流行四家書體，您父親的字誰不曾練過？因此，這字跡實在難以作為憑據。再說，這圖章上刻著『翰林蔡京』四字，您父親如今已是太師，怎麼還會用過去在翰林院的圖章呢？更何況父親寫信給兒子，豈有寫上自己全名的？太師識見高絕，絕對不會犯這樣的錯誤，因此我以為，大人應當仔細盤問送信的人有關太師府中種種情形，他若是說的不對，那麼這封信必然是假的。」

蔡九聽他說的合情合理，當下就傳喚戴宗。戴宗從未去過東京，也不曾與太師府這種高門深院接觸，在蔡九的詢問下，沒幾句就露出馬腳。蔡九聽他答的牛頭不對馬嘴，不由得大怒，大喝：「你好大的膽子，竟敢拿假信冒充，究竟是何居心？來人，給我用刑，狠狠的用刑！」

戴宗捱不住連續拷打，只好招認：「我經過梁山泊時被襲擊，丟了書信，怕無法向您交代，那夥賊寇卻寫下這封假信，讓我帶回來交差。我一時害怕被追究責任，才做下這件瞞天過海之事，請大人原諒。」蔡九聽他說完，一口咬定他與梁山泊盜匪勾結，硬逼他畫押認罪，還命人用一副大枷把他鎖起來，一樣關到死囚牢裡。

「若不是你細心，險些誤了大事。」

黃文炳連忙推讓：「全靠大人福緣深厚，不知您現在打算如何處理此事？」

蔡九嘆了口氣，一時沒了主張，便問：「你有什麼主意嗎？」

「我認為應該趕緊將這兩人斬首示眾，再申報朝廷，一來讓朝廷知道大人做下這件大事；二來也免得梁山泊那群人得到消息前來劫獄。」

蔡九點點頭，說：「你分析得很好，日後申報朝廷，我必定親自稟報你這次的大功。」黃文炳笑得合不攏嘴，連連向蔡九拜謝，才歡天喜地的告辭離去。黃文炳一走，蔡九立即派人寫好文書，擇定五日後將宋江、戴宗處斬。

行刑時間一確定，宋江萬念俱灰，懊悔自己不應一時酒後失言，招惹出這場災禍。但就算他寫的詩句中有些觸犯禁忌的地方，畢竟罪不致死，蔡九不分青紅皂白就判他死刑，連申訴喊冤的機會都不給他，這與清風寨的劉高有什麼兩樣？官場黑幕重重，官員是非不分，他一個無名小卒，除了認命，如何能與官場對抗呢？宋江內心感嘆不已，見戴宗關在隔壁牢房，狼狽不堪，心裡覺得非常歉疚，責怪自己連累了戴宗的一條性命。

行刑當天，宋江與戴宗被押到法場，整個法場被看熱鬧的人擠得水洩不通，四處吵吵嚷嚷，法場四面，人潮不斷湧上。監斬官見法場周圍異常喧囂，不耐的皺起眉頭，看看天色，時辰一到，立刻拿起令牌，向

空中一丟，大喝：「斬！」

說時遲，那時快，一支羽箭破空飛至，將令牌釘在監斬官面前的桌子上，嚇得監斬官面如土色，直打哆嗦。這時，不知何處響起銅鑼聲，法場四周的人一起動手，跟周遭士兵衝撞起來。同一時間，法場邊的一座茶樓上，一個黑黝黝的彪形大漢，手持兩把斧頭，大吼一聲，從樓上一躍而下，手起斧落，狠命砍出一條血路，就要去殺監斬官。

那些原本像是看熱鬧的人，這時紛紛拿出武器，和士兵殺得昏天暗地，有些人趁機衝進法場，背起宋江、戴宗便急忙離開。原來吳用當日驚覺印章出了破綻，連忙重定計策，吩咐眾人分別扮做乞丐、商販、挑夫，還有走江湖賣藝的人，先後混進江州。

等到行刑時，眾人一陣一陣的靠近法場，以鑼聲為信號，一同動手，好救出宋江和戴宗兩人。至於那個黑黝黝的彪形大漢，自然是個性魯直的李逵了，他見宋江和戴宗被判了死刑，心裡也沒啥打算，只想著

要救人，於是獨自前來，若不是梁山泊好漢一起到來，只怕他這次也凶多吉少。

一行人劫了法場之後，找到路便走，李逵雖是在地人，但他內心毫無計畫，只是自顧自的往城外跑。梁山泊眾好漢見他孤身劫囚，可見膽識非凡，又看他此刻毫不遲疑的往城外跑，以為他胸有成竹，便都尾隨他往城外跑。一群人邊打邊退，退到了城外的白龍廟，廟後是茫茫大江，再無退路，晁蓋等人都是一愣。此時，廟外隱隱聽見喊聲震天，原來是江州的軍隊搖旗吶喊，已經追近。

「你們都看著我幹啥？我自己打我的、跑我的，也不知道你們為什麼跟上來？」李逵不解的回望著眾人看他的眼光，梁山泊好漢們不禁苦笑，才知道原來眼前這個大漢心中半點想法也沒有。

花榮笑著說：「這下可好，前路是大江攔截，偏又無船可以接應，後路又有追兵，我們應該想想該如何迎敵才對。」

「想什麼？我們就直接再殺回城裡，把那個鳥知府、黃文炳，順便連監斬官一併都砍了。」李逵不假思索的說。

戴宗連忙阻止：「不可莽撞，城裡有那麼多官兵，就這樣殺進去，對我們來說形勢很不樂觀。」他話才說完，就聽見阮氏兄弟指著大江上游叫著：「有船往這裡來了，難不成是官兵？」

宋江猛然一驚，順著阮氏兄弟所指的方向望去，果然看見有三艘船駛近，船上各有十餘人，刀光隱隱，可見都拿著武器。眾人見官兵水陸並進，一時手足無措，慌亂了起來。此時宋江再仔細一看，臉色立刻由憂轉喜，趕緊奔到江邊，招手對船上的人喊著：「兄弟救我！」

船上的人聽見這聲叫喚，全都歡呼起來，連忙將船駛到岸邊。原來這些人都是宋江來江州的路上認識的義士，他們聽說宋江出事，紛紛前來相助。宋江分別替在場眾人引見，眾人雖是初見，卻意氣相投，彼此稱兄道弟起來。

吳用見來了救兵，心神一定，聽到官兵吶喊之聲越來越近，便說：「既有兄弟們相助，我們不如將宋江、戴宗兩位兄弟先送上船，其餘兄弟各領兵出去衝殺一陣，爭取一些時間，再到江邊會合。」

眾好漢點頭同意，大喊一聲，就出去與官兵衝殺。江州軍隊人馬雖眾，但過慣了好日子，全都積弱不振，缺乏訓練，遇上了這群勇悍的梁山泊好漢，哪裡抵擋得住？沒多久就嚇得心驚膽跳，紛紛退回城內，不敢再出來對戰。

衝散官兵之後，眾人再度會面，宋江說起這次遇難，忍不住咬牙切齒，恨恨的說：「這一切都是黃文炳那奸賊害的，要不是他搬弄口舌，幾次唆使知府殺害我們，哪裡會有此事？這個冤仇若是不報，我一輩子都不甘心，所以想拜託各位兄弟再辛苦一回，一起去捉拿黃文炳，好解我心頭之恨。」

「這種危害百姓的奸賊，早該一刀殺了，他一向為非作歹，百姓也吃了他不少苦，我們除了他，不只是替大哥報仇，也是為鄉里除一大害。」戴宗提起黃文炳也是怨氣重重。

在場眾人都是刀裡來、火裡去的好漢，絲毫不把一個小小的閒官放在眼裡，於是依照宋江的計策，偷偷混進城中，一些人先在黃文炳家的後牆將一車乾草、蘆葦燒得火光通天，其餘人假裝要救火，鬧得黃家人開門出來察看，然後就在混亂中趁勢殺了黃文炳。

事成之後，吳用問起宋江日後何去何從，宋江嘆了口氣，說：「當日因為父親再三交代，所以只能婉拒各位兄弟要小弟入夥的好意，如今我惹出這麼大的事，不僅連累各位相救，還讓大家幫我出手報了冤仇。今後朝廷恐怕也把你們視為眼中釘了，不如在場所有人都與我一同上梁山泊吧？」

李逵一心想跟隨宋江，聽了這些話，大剌剌的喊著：「都去，都去！誰不去我砍了誰！」眾人哈哈大笑，都覺得宋江言之有理，便欣然同意。當下各自回去收拾行李，分批啟程前往梁山泊。

宋江到了梁山泊，晁蓋念著往日大恩，有意讓他坐第一把交椅，但宋江堅決不答應，寨內因此推舉他坐了第二把交椅。宋江原本還要再推辭，終究拗不過眾人的意思，只好接受。晁蓋為了讓宋江可以安心留在梁山泊，又派人去接宋太公和宋清，宋太公雖然不願宋江到梁山泊入夥，但如今事已至此，不得不這麼做，只好勉強在山寨裡住下。

自此之後，梁山泊在晁蓋、宋江、吳用等人的英明治理下，律令嚴明，氣象蒸蒸日上。不少英雄好漢相繼來投靠，晁蓋等人禮賢下士，整個梁山泊的勢力漸漸壯盛了起來。

第八章 鬥法高唐州

這天，宋江與晁蓋、吳用正在聚義廳商議事情，李逵突然急急忙忙奔進廳。宋江見他入廳，忍不住皺眉問：「鐵牛！我不是讓你在柴兄弟那邊待一陣子，你怎麼不說一聲就擅自回來了？」

原來李逵性子粗魯，脾氣火爆，不知怎麼的，竟惹惱了新近上山的朱仝，宋江為了安撫朱仝，只好要求李逵先去柴進莊院住一陣子。他本想等朱仝情緒較為穩定，再派人去把李逵叫回來，誰知他竟擅自回山。

「哥哥，不好了，柴大哥出事了！」李逵這一呼叫，宋江等人聽了都是一驚，連忙詢問緣由，李逵先喝了一大碗水，才說：「柴大哥有個叔叔叫柴皇城，住在高唐州，當地知府高廉是東京高太尉高俅的親戚，他老婆的兄弟叫殷什麼天錫的，看上了柴皇城家裡的花園，硬是要霸占。柴皇城不肯，這個姓殷的就把他打成重傷，半死不活。柴大哥前去探病，我也跟著他去，哪知道到了那裡，那個姓殷的囂張得不得了，竟然要動手打柴大哥，我氣不過，衝出來把他一頓拳腳打死了，柴大哥怕我出事，就叫我趕緊回來。」

「你就這麼跑回來，豈不是要連累柴兄弟吃官司嗎？」宋江大驚失色，吳用在一旁勸說：「哥哥稍安勿躁，等戴宗兄弟回來，就知道情況了。」

「戴宗哥哥到哪裡去了？」李逵不解的問。宋江嘆了口氣，說：「我怕你在柴大哥莊院胡鬧，所以麻煩他去盯住你，誰知你果然鬧出事來了。」話未說完，戴宗已經回到聚義廳，眾人連忙問起柴進狀況，他搖搖頭，說：「柴大哥現在被高廉關在牢裡，柴皇城一家財貨都被抄沒，只怕柴大哥遲早性命不保。」

眾人聽了這話，都十分著急。晁蓋立刻站起來，說：「山寨裡大部分人都曾受過柴大哥的恩惠，如今他既然有難，我們非得救他不可，我必須親自去走一遭。」

宋江連忙阻止：「大哥是山寨之主，豈可輕率行動？還是我代大哥去走一趟吧。」晁蓋見宋江情意真切，便不再堅持，只是仔細交代宋江等人務必救出柴進。

「這高唐州雖小，但軍多糧足，我們不可輕敵。」吳用低頭沉思，與晁蓋、宋江商議後，開始調兵遣將，準備攻打高唐州。

梁山泊前鋒軍隊由林沖、花榮率領，不久便來到高唐州，知府高廉早已得到消息，當下派遣兵馬，出城布陣迎敵。兩軍遙遙相對，號角、鼓聲響個不停。林沖手持丈八蛇矛，躍馬出陣，指著高廉軍隊，厲聲大喝：「姓高的奸賊，快快出來受死！」

高廉領著數名將士一同出陣，指著林沖大罵：「你們這群不知死活的叛賊，也敢來侵犯我城池，看我讓你們來得了，走不了！」

林沖看見高廉，想起當初在東京時所受的羞辱，忍不住回嗆：「你們這些危害百姓的贓官，我遲早殺到京城，把欺君辱臣的高俅碎屍萬段，如今先殺你祭旗*！」

高廉怒不可遏，轉身問：「誰願意出馬去捉他？」只見軍隊裡閃出一個人，拍馬就要去鬥林沖。林沖冷笑一聲，駕馬迎上前去，兩人交手還不到五招，林沖手中蛇矛直刺，攻勢凌厲，

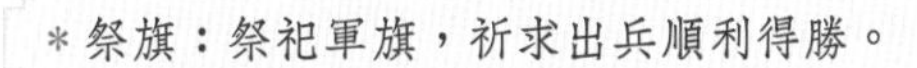
*祭旗：祭祀軍旗，祈求出兵順利得勝。

轉眼已刺中那人心窩。高廉大驚，又喊：「誰願意上前報仇？」

一個將士將手中長槍紅纓抖了抖，一提韁繩，騎馬出陣。林沖正要迎戰，忽然聽見背後連聲箭響，花榮已經拍馬上前。他箭無虛發，第一箭射中那人右手，長槍立即落地，第二箭「颼」的一聲，射中那人心窩，那人應聲落馬，第三箭則是筆直向高廉臉上射去。

羽箭來得極快，高廉一時心急，將馬韁一拉，那馬立起來，正好被羽箭射中。高廉見連續折損二名將士，還傷了自己坐騎，心中極為憤怒，抽出背後那把太阿寶劍，口中念念有詞，大喝一聲：「疾！」只見太阿寶劍飛到半空，捲起一道黑氣，一時之間飛砂走石、怪風突起，直接掃向林沖隊裡。林沖等人在風沙之中不能見物，坐騎嚇得顛跳狂嘶，眾人連忙退走。

此時，高廉雙手結了個指印，向著陣前一點，太阿寶劍射出一道金光，引著高廉隊裡的兵馬衝殺過去。沒料到敵方大軍會在風沙中突然蜂擁而至，林沖軍隊

被殺得七零八落，只一眨眼間，五千兵馬折損了一千以上，林沖等人連忙鳴金收兵。高廉見敵軍退去，念誦咒語，寶劍在半空中轉了一圈，「咻」的一聲，自動回到劍鞘。

前鋒軍隊首戰失利，只好退兵五十里安營。過了幾天，宋江、吳用領著中軍隊伍前來，聽說首戰失利的狀況，各自大驚。宋江緊皺眉頭，對吳用說：「不知高廉身上有何法術，居然如此厲害！」

「恐怕是妖法，若能將他的怪風引回敵軍陣營，或許可能破敵。」吳用凝神思索了一會兒，提出一個可行的策略。宋江聽了這話，心中一動，想起從前受困某個村落時，曾受九天玄女下賜天書，書中正有破敵之計，便立刻派遣兵馬，搖旗擂鼓，殺到城下來。

高廉聽到消息，召集軍隊，在城外布成陣勢。宋江與吳用騎馬出陣，吳用指著高廉陣中那一大簇黑旗，說：「你瞧，那些黑旗，正是施展『神師計』的神兵，高廉這奸賊肯定又會施用此法，我們該如何接戰？」

宋江胸有成竹的笑著說：「軍師放心，我自有破陣之法。眾兄弟不必驚懼，只管奮勇向前。」吳用見宋江自信滿滿，便不再多言，兩人一同看向高廉。只見他抽出太阿寶劍，如同林沖所形容的方式施法，一時之間，果然見到長劍升空，黑氣、怪風騰騰而起。宋江不等高廉結成指印，抽出一柄長劍，口中也念念有詞，左手捏了個劍訣，右手長劍往高廉陣中一指。

只見一道銀光激射而出，在兩軍之間形成銀色屏障，擋住高廉喚起的黑氣和怪風。宋江見術法奏效，急忙舞動長劍，幻化出數十道銀光，銀光閃處，便似有一道龍捲風將黑氣、怪風捲回高廉陣中。

高廉沒想到宋江居然能夠擋回自己的法術，連忙收回寶劍，取出一面聚獸銅牌，銅牌上刻有古代文字，散發出陰森寒冷的感覺。他將銅牌往空中一拋，銅牌凝定在半空中，閃爍著銅綠光芒，立刻擋住捲回的風勢。此時，高廉又拿著寶劍念起咒語，銅綠光芒中閃過一道金光，忽然間捲起滾滾黃沙，黃沙中飛出無數怪獸毒蟲，直接往宋江陣裡疾衝過去。

宋江等人哪裡見過這種景象，一個個慌忙轉身逃命。高廉將寶劍一揮，指點神兵追擊，宋江陣營大敗，退出三十里外。宋江清點兵馬，發現折損不少兵卒，不禁暗暗發愁。高廉一連數日前來討戰，宋江無計破敵，只能監守不出。吳用見宋江愁眉深鎖，心情沮喪，故意走到他身邊，喃喃說：「依我看來，若是想要破高廉的妖法，非得要有此人相助不可。」

這話果然引起宋江注意。宋江急忙詢問：「賢弟，你說的究竟是何人？」吳用微微一笑，回答：「入雲龍公孫勝啊！公孫兄弟道法高妙，若是他來到此處，必然能破高廉妖法。」

「唉，賢弟這不是說笑嗎？我當然知道他的厲害，只是他之前說要返鄉探母，此後就消息全無，戴宗兄弟施展神行法，走遍各處都找不到他，如今匆促之間，要我去哪裡找他？」宋江垂頭喪氣的坐下，吳用還想說些什麼，卻聽見營帳外有人哈哈大笑，說：「許久不見，兩位兄弟還是一樣清朗強健啊。」

一陣清風突然將帳幕吹起，一個仙風道骨的道人笑吟吟的走了進來——正是公孫勝。宋江與吳用看到他，都忍不住跳起來，連忙迎上前。宋江喜出望外，不敢置信的拉著公孫勝的手，問：「賢弟怎麼會剛好到這裡來？」

「不是剛好，我是特地來的。」公孫勝笑著說起他的經歷。原來他回鄉之後，遇見恩師羅真人，從此跟著師父清心修煉，不願再理會凡塵俗事，因此改稱「清道人」，戴宗才會到處找不到他。如此過了大半年，近日羅真人妙算天機，知道柴進在高唐州有難，便命他下山協助。

宋江聽了不禁拍掌而笑：「羅真人如此神機妙算，派遣兄弟前來相助，想必是已有破敵之計囉？」

「當日小弟下山時，師父說我往日所學術法，與高廉差不多，無法剋制他的妖法，因此特地傳授我『五雷天心正法』，此法恰可擊破高廉的道術。」

宋江與吳用相視一笑，喜不自勝。公孫勝便請宋江起兵討戰，讓他看看高廉究竟有何本領。

公孫勝一到，宋江有如吃了定心丸，立即傳喚軍士，擊鼓出征。雙方陣營在城外列陣相對，高廉縱身一躍，站立在馬背上，接著抽出背上寶劍，取出聚獸銅牌，口中念誦咒語，寶劍、銅牌緩緩升空，銅綠色的光芒又再度閃爍，忽然之間，一陣陣黃沙籠罩陣前，四周天昏地暗。高廉雙手結個指印，對空大喝一聲，黃沙之中捲出各種怪獸毒蟲。即使隔了數天，眾人再次看見這樣的景象，依舊嚇得臉上變色，只想要拔腿逃命。

說時遲，那時快，公孫勝衣袖飄飄，凌空飛到宋江陣前，從後背抽出一把松文古定劍，指著敵軍，口中喃喃念誦咒語，隨即一聲斷喝，千百

道金光瞬間從劍尖激射而出，點點光華，在陣前結成一面金光燦爛的光網。那些怪獸毒蟲被光網一罩，紛紛墜落，眾人仔細一看，才發現原來都是符紙剪成的虎豹走獸。

高廉見法術被破，不由得大吃一驚，慌忙收回銅牌、寶劍，就要撤退。宋江見機不可失，鞭梢一指，所有人一起向前殺出，殺得高廉軍隊狼狽萬分，倉皇退入城中，緊閉城門，只從城上打下如雨般的砲石。宋江見一時無法對付他，立即鳴金收兵，得勝回營。

宋江這次大獲全勝，十分開心，連連向公孫勝道謝，沒想到公孫勝卻說：「我們雖然獲勝，但卻未曾消滅高廉神兵，他一定以為我們大勝後會鬆懈，恐怕今夜就會發動神兵，前來偷襲營寨，必須早做準備。」

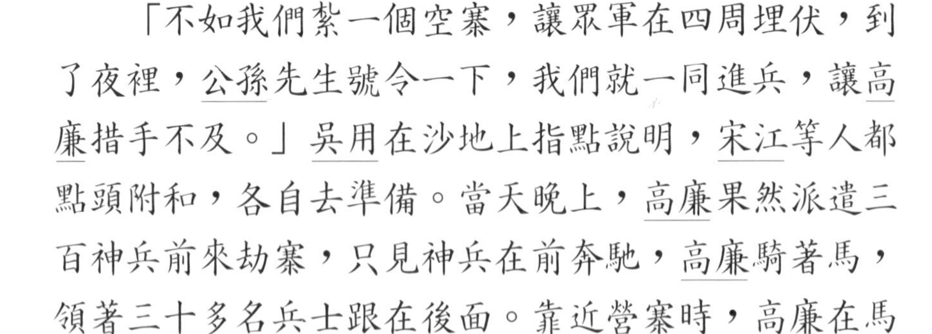

「不如我們紮一個空寨，讓眾軍在四周埋伏，到了夜裡，公孫先生號令一下，我們就一同進兵，讓高廉措手不及。」吳用在沙地上指點說明，宋江等人都點頭附和，各自去準備。當天晚上，高廉果然派遣三百神兵前來劫寨，只見神兵在前奔馳，高廉騎著馬，領著三十多名兵士跟在後面。靠近營寨時，高廉在馬上作法，營寨周遭瞬間黑氣沖天、狂風大作，飛砂走石、塵土飛揚。三百神兵取出事先準備好的火藥，同

時點燃，就往營寨裡丟，風沙之中，熊熊火光往寨中燒去，三百神兵一聲吶喊，立刻就往火光衝殺過去。

此時，天空忽然打了個閃電，轉眼間，電閃雷鳴，銀光大作。原來是公孫勝手持松文古定劍，站在高處迎風作法。他施法讓長劍飄浮在半空中，腳踩七星步伐，雙手結成指印，朝天空一聲斷喝：「去！」一道巨雷穿破雲端，轟然一聲打在空寨上，瞬間火花四射，埋伏的軍隊立即衝出，三百神兵無一倖免。高廉在一旁驚得呆了，只好引著三十多名兵士，慌忙奔回城中，心中連連叫苦。他左思右想，決定寫兩封信，派了兩支人馬殺出重圍，送到附近的東昌、寇州求救。

「有人要去搬救兵！我去追殺他們！」李逵大叫一聲，就要上馬去追。吳用連忙攔下，傳令：「不用追趕，暫時放他們出去，我們再將計就計。」

宋江問吳用要如何用計，吳用笑著說：「高廉的兵將已經不多，所以他才派兵出去求救，我們可以調派兩支人馬，假裝成援軍，在路上混戰，那時高廉必然開城門出來助戰。到時，我們

便可以一邊趁機攻城，一邊把高廉引到小路，再將他一舉消滅。」

宋江連稱妙計，命令戴宗施展神行法，回梁山泊調來兩支軍隊，分兩路往高唐州而來。高廉不知吳用設下計謀，每日只是期盼救兵早點到來。

過了幾天，高廉在城頭看見兩路人馬殺來，還與四周圍城的軍隊開始混戰，他以為是救兵到來，立刻調派全城兵馬，大開城門，殺了出去。

高廉駕馬出城，看見宋江帶著花榮、林沖往小路奔逃，他大喝一聲，領著兵馬前去追趕。沒想到才繞過小路，山坡後突然砲聲連響，他內心一驚，知道中了埋伏，勒馬回頭就逃。走沒多少路程，看到前後左右都是梁山泊頭領，高廉冷笑一聲，念起咒語，右手在地上畫個圓圈，大喝：「起！」

忽然有一片黑雲載著高廉，緩緩升空，他在雲上哈哈大笑，正想駕雲逃離時，公孫勝兩袖飄飄，有如大鵬鳥般凌空飛至，右手持劍在半空中比畫了幾下，幾道劍光往黑雲疾射過去。高廉吃了一驚，閃避不及，竟從黑雲上摔落，跌得筋折骨斷，立刻氣絕。

宋江等人攻下高唐州後，連忙派人去救柴進，誰知找遍各處大牢，只找到柴皇城和柴進的親眷，就是不見柴進的蹤影。宋江憂心不已，深怕柴進已經遭到高廉毒手，吩咐眾人四處查問。

這時，有一個牢頭戰戰兢兢的走出來說：「當日知府急著要殺柴大爺，我不忍下手，又怕知府派人來查，所以將柴大爺移到枯井中躲藏，只是不知此時生死如何？」宋江連忙跟著他來到枯井邊，只見井裡頭黑漆漆的，深不見底。他朝著井裡喊了幾聲，卻都沒聽見回應。

宋江神色悽慘，身子不由得晃了兩晃，吳用扶住他，勸說：「大哥不要心慌，總得叫一個人下去看看，才知道實際狀況到底如何啊。」

「放我下去看吧！」李逵自告奮勇。眾人拿了個大竹簍，綁上粗繩，李逵一抬腳跨進竹簍，眾人等他坐定，才慢慢將他放下井裡。

到了井底，李逵點亮火把，微弱火光中，只見柴進躺在爛泥中，看不出是生是死。他吃了一驚，連忙伸手去探柴進鼻息，幸好仍有呼吸。李逵先將柴進放進竹簍，搖動粗繩，要眾人拉起竹簍。柴進上到地面後，眾人見他頭破額裂，兩腿血肉模糊，狀況危急，宋江急忙派人去請大

夫，而林沖則抱起柴進回房診治。眾人正想跟上林沖，卻聽見李逵在井底哇哇大叫，才想起他還在井底，又放竹簍下去接他。

李逵在平地上站定，不禁埋怨：「你們都不是好人，故意不把竹簍放下來救我！」眾人哈哈大笑，好言好語安撫了他幾句。

等到柴進情形較為穩定之後，宋江先將他及其家眷送到梁山泊，再搜刮了高廉家中所有財物，領著梁山泊眾好漢凱旋而歸。

第九章 兩戰曾頭市

高唐州失陷的消息一傳出，立刻震動朝廷，高俅聽說高廉被殺，怒火中燒，派兵前來征剿梁山泊，誰知征剿不成，反倒損兵折將。後來梁山泊又有二龍山、白虎山等山寨頭領率眾前來聚義，多了武松、魯智深等好漢，加上山寨制度嚴明，地勢險要，使得梁山泊的聲勢更加如日中天。

梁山泊威名漸盛，樹大招風，不僅有許多英雄好漢前來投奔，也惹得官兵經常進軍征討，還有各處山寨屢屢挑釁，大大小小的戰事不斷。然而宋江總說晁蓋身為山寨之主，必須坐鎮寨中，所以每有戰役，便由宋江親自帶兵下山征討，也因為屢屢建功，宋江在江湖上的聲望越來越高。

這天，宋江、公孫勝領著眾人要回梁山泊，正準備乘船過河時，一個黃髮捲鬚的大漢站在蘆葦叢邊，對著宋江下拜。宋江見此人儀表不俗，連忙下馬扶起他，問起他的姓名、來意。

「我姓段，名景住，旁人見我生得黃髮捲鬚，都叫我『金毛犬』。今年春天我捉到一匹炤夜玉獅子馬，渾身雪白，全身沒有半根雜毛，跑起來可以日行千里。我好不容易得到這匹好馬，本來想獻給您，以表示我想入夥梁山泊的誠意。」說到這裡，段景住掩不住心中氣憤：「誰知道當我經過淩州曾頭市時，馬卻被曾家五虎給搶了。我對他們說這馬是要給您的，他們非但不以為意，還說了許多難聽的話，甚至把我關了起來。我好不容易才逃出來，日日在這裡徘徊，就是希望能到寨裡入夥。」

宋江感念他的誠意，領著他一同回到山寨。閒聊之中，段景住對眾人說起炤夜玉獅子馬的各種優點，聽得眾人神往不已。

花榮忍不住說：「這馬聽起來雖然很好，只可惜被搶了。我倒好奇這曾家五虎究竟是什麼人物，竟敢如此放肆，擺明不將我們梁山泊好漢放在眼裡。」

吳用略作思索，附

和：「我看還是要麻煩戴兄弟去走一遭，一來打聽馬的下落，這二來嘛，我也想看看那曾家五虎有什麼本事。」

隔天，戴宗出發前往曾頭市，幾天後歸來時一臉怒意，氣呼呼的對眾人說：「這曾頭市裡有一戶人家姓曾，兄弟五個就是曾家五虎，家裡還有個老父親叫曾長官，他家除了這五虎武藝高強外，還有一個教師叫史文恭，一個副教師叫蘇定，據說都有不錯的武藝。他們在曾頭市聚集了六、七千人馬，打造五十幾輛囚車，說是跟我們勢不兩立，要捉盡我們寨中頭領。他們還編了一首混帳歌，讓小孩子整天在街上唱什麼：『搖動鐵鐶鈴，神鬼盡皆驚。鐵車並鐵鎖，上下有尖釘。掃蕩梁山清水泊，剿除晁蓋上東京！生擒及時雨，活捉智多星！曾家生五虎，天下盡聞名！』聽聽，這是什麼歌，你們說氣不氣人！」

「什麼曾家五虎？老子兩斧頭砍得他們變成曾家瘟貓！」李逵氣得跳起來，破口大罵。

宋江急忙拉住李逵，抬眼看向晁蓋，卻發現他一臉怒意，臉色鐵青，拍桌喝斥：「這些畜牲怎麼敢如此無禮！我不活捉曾家這五個畜牲，誓不回山！」

「大哥是山寨之主，豈可輕率行動，我看還是由小弟……」

晁蓋不耐煩的打斷宋江：「夠了！什麼輕率行動？這夥人如此無禮，我若不親自出馬，天下人會如何看待我晁天王？我這次一定要親征，賢弟無須多言！」說著親自調派五千人馬，領了二十個頭領，就要下山去攻打曾頭市。

宋江見晁蓋怒氣沖沖，無法再勸，只好一再叮囑他要冷靜行事，才領著吳用、公孫勝送晁蓋等人下山。一行人在金沙灘邊為晁蓋餞行，此時忽然颳起一陣怪風，把晁蓋新製的軍旗吹得攔腰折斷。眾人臉上不禁變色，吳用立刻對晁蓋說：「大哥正要出兵，卻有大風吹斷軍旗，恐怕不是好兆頭，還是過幾天再出兵去攻打他們吧？」

晁蓋搖搖頭，不減豪氣的笑著說：「嘿，天地風雲是自然景況，何必大驚小怪？兄弟不用擔心，曾家一個小小軍寨，無法對我怎麼樣的！」

宋江還要再勸，晁蓋卻先一步說：「兄弟們不必再勸，不管怎樣，我一定要去走這一遭，不然我這口氣吞不下來！」宋江與吳用無可奈何，只能看著晁蓋引兵渡水，前去征戰。

自從晁蓋下山後，宋江一直心神不寧，日夜坐立不安，總感覺晁蓋會遭遇不測。吳用見他如此憂心，雖然想安撫宋江，但他心中也是同樣憂慮，若是出言勸慰，只怕非但無法釋去宋江心頭暗雲，反而更添愁悶。如此提心吊膽的過了幾天，小兵來報晁蓋等人回寨，兩人以為眾人凱旋而歸，欣喜出寨迎接時，卻看見林沖、杜遷等人垂頭喪氣，後頭有幾個小兵用擔架擔著晁蓋，小心翼翼的走進山寨。

宋江大驚，連忙奔上前探視，只見晁蓋臉色灰白，渾身虛腫。吳用命人將晁蓋抬進房中後，問起事情始末，林沖說：「那天我們到了曾頭市，和這群奸賊混戰了一陣，不分勝敗，雙方各有死傷。他們見出戰不利，退到一個林子裡，我們路徑不熟，不敢向前追擊，這時來了兩個僧人，說是平常受到曾家五虎欺壓、勒索，特地來幫我們帶路。」

吳用搖搖頭，說：「只怕是計，不能相信的。」林沖聽吳用這麼說，嘆了口氣，接著說：「我也是這麼跟大哥說，可是大哥卻說他們是出家人，不會亂說話害人，就由他們帶領進軍。誰知走沒多久，兩個僧人忽然不見人影，四周

路徑複雜，又無人煙，這個時候，突然金鼓齊鳴，亂箭像雨一樣射過來，混亂之中，大哥中了一箭，摔下馬來。我們幾個人護住他，拚死拚活才殺出重圍，清點人馬時，已經折損了一半。」

「只是中了一箭，傷勢怎麼會如此嚴重？」宋江憂心忡忡，一時無法理解情況；吳用念頭一轉，已經知道原因。

「箭上抹了毒，是史文恭那傢伙射的箭。」林沖咬牙切齒，恨不得把史文恭碎屍萬段。

此時晁蓋已經醒來，正掙扎著要下床，卻滿頭大汗，眼光渙散，宋江心中一痛，連忙坐到床邊扶住他。晁蓋拉著宋江的手，眼神突然有了焦距，他心知自己死期將近，便囑咐宋江：「賢弟，我只怕是不行了，日後誰能替我報仇，捉到史文恭，誰便是山寨之主！」才剛說完，晁蓋身子一軟，氣絕身亡。眾人見晁蓋喪命，無不痛哭失聲，宋江更是哭得心碎腸斷。

吳用擔心宋江哭壞身子，只好勸他：「哥哥不要過於傷心，生死有命，是早就註定好的。如今晁大哥過世，寨中不可一日無主，寨中大小事皆須靠您主持，還有晁大哥的後事也得處理，因此還請您繼任為山寨之主。」

宋江推辭：「大哥臨死時有言，誰能捉到史文恭便為山寨之主，如今並未報仇，我如何能坐此位？」

吳用搖搖頭，說：「哥哥說的雖對，但現在群龍無首，您若不居此位，寨中又有誰敢越權發號施令？不如由您暫時擔任首領，日後再作打算？」

宋江聽了這話，只好勉強振作，說：「既然如此，我便暫代此職，日後有誰能報晁天王大仇，即為山寨之主。如今寨中人馬眾多，不比往日，我們也並非有意造反，聚在這裡，其實也是為了等待朝廷招安，因此我有意改聚義廳為忠義堂，以彰顯我們的忠義。此外，原本應設法為晁天王報仇，但居喪期間，萬事不宜輕舉妄動，因此報仇的事，暫時留到百日喪期結束之後再議。」他當下吩咐眾人處理晁蓋後事，山寨中每個人都為晁蓋戴孝守喪。

一連數月，梁山泊因晁蓋之喪，暫時休養生息。這天，眾人正在忠義堂上議事，段景住忽然氣喘吁吁的闖進去，林沖眉頭一皺，問：「吩咐你和楊林、石勇去買馬，怎麼這樣慌慌張張的回來？」

「我們挑選了兩百多匹健壯的駿馬，誰知剛回到青州，就被一夥賊寇把馬全都搶走，說要送到曾頭市去。匆忙之中，楊林、石勇不知去向，小弟連夜逃回，

就是要報告這件事。」

宋江不由得大怒：「日前奪了炤夜玉獅子馬、射殺了晁天王，我們還沒找他們報仇，如今又找上門來，若是不給他們點顏色瞧瞧，我們山寨的顏面何在？」

「大哥說得是。」吳用連連附和：「這些日子以來，大夥兒也休息夠了，之前晁大哥中計，因此白白送了性命，如今要報仇，我們必須智取，不如命時遷去探聽消息，他會飛簷走壁，一定能探知詳情，到時再做打算。」

宋江點點頭，派出時遷前往曾頭市。不久，楊林、石勇回寨，提到史文恭口出狂言，要來剿滅梁山泊山寨等話語，讓宋江聽得怒從心起，忍不住就要馬上出兵。吳用、公孫勝忙出言勸阻，宋江才暫時壓下怒氣，又命戴宗前去打聽。

過了兩天，戴宗、時遷先後回來稟報，說起曾頭市設下東、西、南、北、中五個寨柵，分別由曾家五虎，連同史文恭、蘇定等人分別把守，還在村口挖了數十處陷坑，上頭用土遮蓋，並四處埋伏士兵，等待敵

軍到來。

吳用問明陷坑所在的距離、方向，沉思許久，說：「他們既然設下五個寨柵，我們就派五路人馬前去攻打。」他命令楊志率領一隊兵馬，在曾頭市北寨把兵馬一字排開，要他們擂鼓搖旗、虛張聲勢，卻不要他們進攻，另派武松、魯智深、朱仝率領兩隊兵馬，分別攻打東寨、西寨，好讓史文恭不敢放鬆北寨的防守。果然史文恭聽說東、西兩寨被武松等人猛攻，擔心北寨也受到襲擊，因此持續堅守，絲毫不敢放鬆。

誰知吳用正是要楊志假裝進攻，誘使史文恭堅守寨柵，私下另派了兩隊人馬，將史文恭預先安排的伏兵全部逼下陷坑，讓他們自亂陣腳。等到史文恭驚覺中計，吳用馬鞭一揮，立刻鑼鼓齊鳴，眾人將事先準備好的一百多輛柴車推出，車上裝滿蘆葦、乾柴、硫磺等易燃物，並將柴車一起點燃。一時之間煙火漫天，史文恭等人見前路被阻，火光連天，只好向南退兵。這時，公孫勝早在陣中作法，颳起大風，將大火捲向南門，燒得史文恭等人措手不及。

幾次攻守下來，曾家五虎折損了許多兵將，曾長官與史文恭見梁山泊好漢精強勇猛，頗有謀略，不由得心生懼意，便寫下降書，派人送往宋江營帳。宋江一心要報晁蓋的仇，原本不願意講和，經吳用不斷勸解，才改變心意：「要談和也不是不可以，只是他們兩次奪去的馬匹必須全數奉還！」

曾長官與史文恭見了宋江回信，連忙命曾昇將先前奪去的兩百多匹馬送還。宋江聽說馬已送還，十分歡喜，出帳一看，卻未見到段景住說的炤夜玉獅子馬，他沉下臉，喝問：「這些馬都是第二次奪的，那匹炤夜玉獅子馬呢？」

曾昇見宋江臉色不善，唯唯諾諾的說：「那匹馬現今是師父史文恭坐騎，因此沒有牽來。」

一聽又是史文恭，宋江大怒，大吼：「若想談和，叫他將那匹馬快快牽來還我，否則一切免談！」

然而史文恭並不願意還馬，雙方又交涉了幾次，宋江執意要馬，史文恭無計可施，便說：「只要他們立即退兵，我便將馬給他們。」

宋江聽了這個條件，沉思許久，正想和吳用商量，卻有小兵報說淩州、青州兩處有援兵往曾頭市而來。宋江與吳用擔心事情有變，吩咐時遷、李逵等人去向曾長官、史文恭回話，吳用暗自尋思，趁旁人沒有發現，低聲交代時遷：「如果事情有變，你就……」

曾長官與史文恭早就聽說援兵消息，表面上仍對時遷、李逵等人用心款待，私下史文恭卻對曾長官說：「我們將這些傢伙哄騙在這裡，趁他們夜裡鬆懈，便可去偷襲營寨，到時與援兵裡應外和，還怕這群賊人不手到擒來嗎？」

曾長官也有意為先前敗戰報仇，便依史文恭的計畫行事。然而當史文恭等人來到宋江寨柵，卻發現寨門大開，寨中安靜非常，一人也無，史文恭知道中計，連忙撤退。在回曾頭市的途中，忽然聽到前方砲火連響，四面伏兵盡出，而時遷、李逵等人則從曾頭市方向殺了出來。

原來曾長官和史文恭的謀畫，全在吳用預料之中，所以他安排時遷等人去回話，再依砲火為信號，從曾頭市殺出，與外頭兵馬會合，一舉殲滅曾家的勢力。

史文恭見形勢不好，立刻掉轉馬頭，狼狽而逃，豈知吳用早在小路上布下伏兵，當史文恭躍馬而過時，盧俊義喊了一聲，領一隊人馬從草叢中竄出，手提棍棒，朝著馬腳打下去。炤夜玉獅子馬不愧是千里好馬，見棍棒打來，輕輕巧巧一躍，竟閃過了所有攻擊。史

文恭在馬上哈哈大笑，一夾馬腹，炤夜玉獅子馬撒開四蹄，就要絕塵而去。

忽然間，前方陰雲冉冉、冷氣颼颼、黑霧漫漫、狂風颯颯，在詭異的氣氛包圍下，史文恭彷彿見到四邊都是晁蓋的陰魂，不禁大吃一驚，馬鞭向空中不斷揮擊，炤夜玉獅子馬受到驚嚇，「嘶」的一聲長叫，前腳立起，冷不防將史文恭摔落在地。盧俊義從後面趕來，一槍刺出，史文恭慘叫一聲，一命嗚呼。

這一仗打下來，不僅報了晁蓋的大仇，曾家五虎全滅，還獲得無數財物糧食，梁山泊好漢們無比歡喜。回到山寨中，眾人推舉宋江正式繼任為山寨之主，宋江雖一再推辭，說是盧俊義殺了史文恭，理應由他繼任為山寨之主，然而盧俊義堅持不肯繼任，宋江只好勉強答應坐了第一把交椅。

當下寨中議定座次，擺下祭桌和燭火，宋江站在前頭，引領眾人祭拜晁蓋，告慰他在天之靈，並告知他大仇已報，以及宋江繼任等事。

祭祀完畢，宋江吩咐擊鼓升堂，清點寨中人數，共計一百零八人。宋江看了看忠義堂上眾人，個個英挺矯健、神采煥發，心中一時感慨萬千，對眾人說：「我自從鬧了江州，上山之後，皆有賴眾兄弟仗義扶助，又因為眾兄弟不嫌棄，立我為長，如今我們一百零八人在此聚義，實在是古往今來少有的緣分，我有簡短的幾句話，不知眾兄弟是否依從？」

「只要是大哥的話，我們一定遵從！」一百零七人同聲呼喊，響聲震天。

宋江聞言大喜，笑著說：「現在我們既然在此聚義，靜待朝廷招安，已經不是往日的江湖草莽，因此我們理應對天發誓，宣示各無異心，生死與共，患難相扶，期許未來共成大業。」眾人齊聲說是。

宋江見眾人均欣然同意，吩咐擺上香燭，一百零八人一起拈香，跪在堂上，以宋江為首，對天發誓：「梁山泊一百零八人誠心誠意，共立大誓，一百零八人團結一心。樂必同樂，憂必同憂；生不同生，死必同死。如有存心不仁者，大義滅親；有始無終者，刀劍斬其身，雷霆滅其跡，沉淪地獄，永世不得翻身，報應分明，請神天共同見證。」

訂盟立誓之後，眾人均覺得熱血沸騰，又同聲發願：「但願生生相會，世世相逢，永無間阻，有如今日。」當夜眾人歃血*飲酒，在忠義堂上席開數桌，一直飲到大醉才各自散去。

夜裡，宋江從睡夢中醒來，披衣坐起，往窗外望去，只見一輪明月高掛空中，周遭萬籟俱寂，但他卻覺得耳邊還在喧囂，白天湧動的熱血似乎仍在洶湧澎湃著。想到眾兄弟在忠義堂上團結一致、同聲一氣的狀況，宋江忍不住心中的喜悅，上揚的嘴角久久不能平復。他看著今晚異常鮮黃的滿月，對梁山泊日後的發展，更加期待起來。

*歃血：古人結盟發誓時，用牲畜的血塗在嘴邊，表示守信不悔。

天雄星
——豹子頭林沖

劫了生辰綱之後，晁蓋等一行七人為了躲避官軍追捕，前往梁山泊尋求庇護。朱貴見他們個個英雄了得，非常樂意為他們引薦，當下就領著眾人來到梁山泊聚義廳上。只見廳中已坐著四個人，朱貴一一為眾人介紹。坐在中間的是個斯文漢子，正是寨中頭領王倫，外號白衣秀士；左右兩邊分別是摸著天杜遷、雲裡金剛宋萬；再下面則坐著一個相貌威猛、英氣勃勃的好漢——「豹子頭」林沖，他生得偉岸卓然，氣概非凡，讓晁蓋忍不住朝他多看了一眼，並在心中喝采：「好個精神抖擻、光彩迫人的漢子，天下間竟有如此傑出的人物。」

眾人寒暄過後，王倫立即吩咐擺上酒席，酒席之中，晁蓋說起近日之事，透露希望入夥梁山泊的意思。王倫聽了，內心暗自尋思：「此人如此英雄了得，若是入夥，寨中哪裡還有我立足之地？」他心中雖然不樂意，臉上卻不動聲色，口中敷衍回應，酒席散後，便叫人款待晁蓋等人到客房休息。

進到客房，晁蓋心情暢快，與吳用等人閒聊起酒席上的事，極力稱讚王倫有義氣，願意留他們在山寨之中。吳用聽了這話，冷笑著說：「大哥個性太過耿直了，你真的以為王倫肯接納我們？這人看上去氣量狹小，不是做大事的人，聽到六位哥哥如此英雄，他內心便有些不高興，怕大哥奪走他頭領的地位。依我看來，他若有心與我們結交，早在酒席間議定座次，他既然不提，自然是無意留我們。」

晁蓋細細回想王倫的言行，似乎真與吳用所說的相合，他眉頭一皺，正要問吳用有何對策，外邊卻傳來敲門聲。開門一看，竟是那名讓晁蓋讚嘆不已的好漢。晁蓋大喜，連忙迎上前去，吳用等人也都起身相迎。

林沖拱手行禮，說：「深夜來訪，多有打擾，我先向各位賠禮。」

吳用見到林沖到來，正中下懷，便問：「久聞東京八十萬禁軍教頭豹子頭林沖的大名，可惜一直無緣會面，今日一會，林教頭果然名不虛傳，英氣非凡。只是不知道您一向在東京，為何會到梁山泊來呢？」

林沖聽吳用詢問，忍不住嘆了口氣，幽幽說起往事……

林沖本是東京八十萬禁軍教頭，在太尉高俅手下做事。某日，他和妻子張氏往五嶽廟還願，經過大相國寺的菜園，看見魯智深正在園中使開禪杖，舞得虎虎生風。林沖見他杖法精奇，忍不住停下觀看，張氏深知丈夫脾氣，也不催促，就在侍女錦兒的陪同下，先往五嶽廟去了。

林沖與魯智深言談投機，正準備結拜時，錦兒慌慌張張的跑來，說張氏在廟裡遭人調戲。林沖立刻趕到五嶽廟，看見四、五個人攔住張氏，其中一個衣著華麗的年輕人背對著他，正輕佻的對張氏說些無禮的話。林沖一個箭步上前，伸手扳過那人肩膀，喝斥：「光天化日之下，竟敢調戲良家婦女，你好大的膽子！」林沖握起拳頭正要打下去，卻認出此人竟是高俅的養子，高衙內。

高衙內見是林沖，不悅的說：「林沖，你做什麼？這關你什麼事，要你來插手！」旁人連忙拉下林沖的手，勸說：「教頭不要生氣，衙內

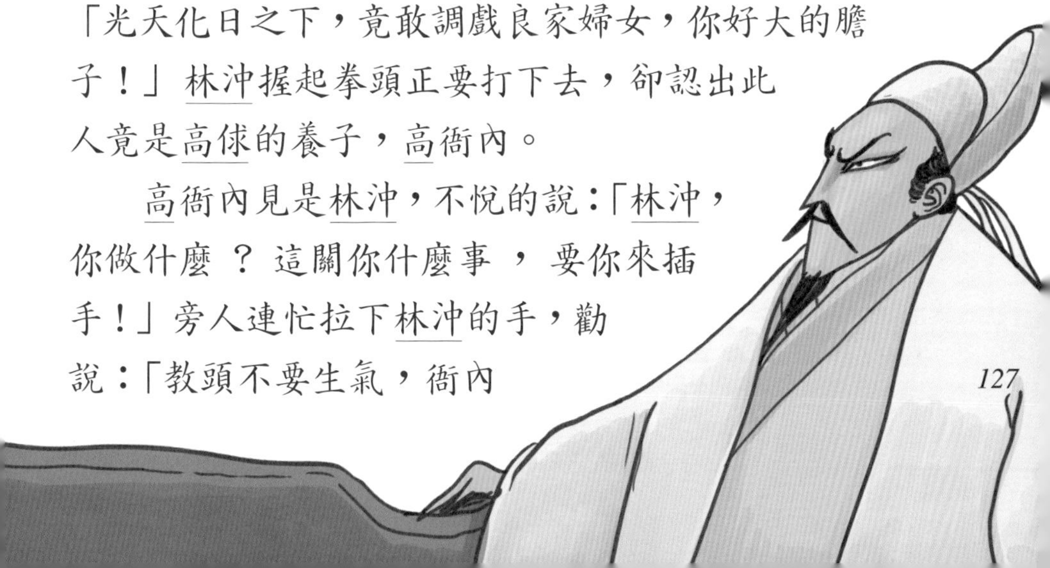

不認得夫人，才會多有得罪。」

眾人勸完林沖，紛紛哄著高衙內離開五嶽廟。林沖怒氣未消，還想衝上去討個公道，偏又害怕得罪高俅，只好忍下不甘，悶悶的帶著妻子返家。

接連數日，林沖只覺得一股氣梗在心頭，氣悶不已，因此沒有出門。一日上午，林沖的好友陸謙忽然來找他去酒樓喝酒，兩人喝了幾杯，隨意閒聊。林沖因為心情煩悶，多喝了幾杯，一時想去茅廁，便往屋外去。當他正在找茅廁時，忽然看到錦兒上氣不接下氣的跑來，臉色驚慌的說：「不好了，剛剛有個人假裝是陸先生家的僕人，說您在他家醉倒了，把夫人騙到陸家一個小樓上，不肯放夫人出來！」

林沖大驚，拔腿就往陸家跑，陸家僕人攔不住他，讓他直衝到小樓下。小樓的門窗緊閉，而張氏的聲音從樓上傳來：「你將我騙來這裡，到底有何居心？」接著便聽見高衙內說：「林夫人，我想妳想得好苦，妳也可憐可憐我呀！」

聽到這裡，林沖滿腔怒火哪裡還按捺得住，拍門大喝：「娘子，開門！」

張氏聽見林沖的聲音，連忙要去開門，高衙內嚇了一跳，趕緊拉開窗戶，跳窗逃跑。林沖衝進小樓時，早已不見高衙內的蹤影。他略一思索，心想：「哪有這麼湊巧的事，我與陸謙才出門沒多久，就有人假借陸家名義騙娘子來這兒？分明是調虎離山之計。」想通了前因後果，林沖不禁怒火中燒，將小樓的東西砸個粉碎，回家拿了刀，就要去找陸謙算帳。

陸謙見事跡敗露，接連幾日都躲在太尉府裡，不敢回家，讓埋伏在陸家外的林沖等不到人。這日，林沖才要出門，忽然看到魯智深從外頭走來，還大聲嚷嚷：「怎麼接連幾日都沒見到你，難不成是嫌棄我？」

林沖見他到來已經十分喜悅，又聽他開起玩笑，忍不住笑著說：「哪有的事？只因最近煩事纏身，才沒有時間去探望師兄。今日您大駕光臨，我豈敢怠慢？不如找間酒店，我們痛快喝幾杯，如何？」

魯智深喜得連連點頭，兩人結伴出門，喝到入夜才散，臨別時又約隔日再會。從此，林沖一有空便與魯智深上街喝酒，漸漸便將要找陸謙的事拋諸腦後。

這天，他與魯智深在街上閒晃，陽光下，忽然一道耀眼光芒射來，林沖仔細一看，只見一個穿著軍裝的大漢拿著一把寶刀，刀柄上插著草標*，一副急著

*草標：舊時插在貨品上，表示要出售的草稈。

賣刀的模樣。林沖和魯智深走上前，一同細看寶刀，林沖看刀身亮晃晃的，光彩照人，忍不住讚嘆：「好刀！你要賣多少錢？」

「兩千貫。」

林沖想了一下，說：「倒是值得兩千貫，不過只怕你找不到識貨的人，我出一千貫，你若是肯，我就買了。」

大漢與林沖講了一會兒價，見林沖堅持一千貫，價格抬不上來，便說：「唉！金子當廢鐵賣，算了，算了，只是你一文都不能少給。」

「這是當然，你跟我去取錢吧。」林沖接過刀，轉頭向魯智深說：「師兄，你先去喝杯茶，我去去就來。」

魯智深聽了笑著說：「何必這麼麻煩？我先回去，明日再約也沒關係。」

林沖想想也有道理，與魯智深道別，領著大漢回家，忽然想起一件事，問：「對了，你這刀是從哪裡得來？」

大漢說：「是家傳的寶刀，若非生活過不下去，我是絕對不肯賣的。」林沖問他祖先姓名，大漢卻說：「您不要再問，若說出來，只怕丟了他們的臉。」林沖聽了，也就不再多問。大漢得到錢，一副心滿意足的模樣，急急忙忙的走了。

林沖翻來覆去的細瞧寶刀，越看越喜，心想：「真是一把好刀！聽說高太尉有一口寶刀，不肯輕易給人見識，我幾次借看，太尉都不答應，如今我也得了一口好刀，有空倒要和他比一比。」當晚，林沖愛不釋手的看了一晚刀，直到張氏勸他，才依依不捨的掛在牆上，隔天一早又去看刀。

過沒多久，林家門口來了兩個差役，說：「林教頭，太尉聽說你買了一把好刀，要你拿去讓他看看，太尉在府裡等候。」林沖聽見旨意，皺眉說：「又是誰多嘴了？這也值得去說。」兩人也不回應，只催著林沖盡快更衣去太尉府。

林沖換好衣服，忽然發現兩名差役面孔十分陌生，便問：「我怎麼沒見過你們？」兩人回答說是最近才進太尉府。林沖也沒多想，隨著兩人到了太尉府中。進到廳前，林沖依照規矩停下腳步，

兩人卻說：「太尉在後堂，叫我們帶你進去。」說著便繞過屏風，又過了兩、三道門，來到一座堂屋前，兩人才對林沖說：「教頭，你先在簾外稍候，我們去稟報太尉。」

等了一段時間，卻不見太尉出來，林沖心內生疑，忍不住探頭往簾內張望，沒想到卻看見堂上匾額烙著四個青字——白虎節堂。林沖猛然一驚，心想：「這裡是商議軍機大事的地方，沒有命令不能擅自進入！」當他正要退出，忽然聽見靴聲橐橐*，一個人從外面走進來。

林沖一看，來人正是高俅，連忙拿著刀上前行禮，誰知高俅見了他，眉頭一皺，大喝：「林沖！你沒有得到我的命令，為何擅自進入白虎節堂？難道你不知道規定嗎？還有，你拿著刀做什麼，莫非是要來行刺本官？」

「太尉，剛才有兩個差役說您召喚我，要我將新買的刀拿來讓您觀看，並非我擅自闖入。」

「胡說！哪有此事？來人，給我拿下這傢伙！」高俅一聲呼喚，立刻湧出二十餘人將林沖制伏，林沖

*橐橐：狀聲詞，與「陀」同音，用以形容步履聲。

連呼冤枉，高俅怒喝：「把他押去開封府，吩咐府尹好好審問他！」

原來高衙內自從見了林沖妻子之後，就對她朝思暮想，後來竟然精神憔悴，臥病在床。高俅十分憂心，陸謙趁機獻上計謀，要誣陷林沖一個「刺殺長官」的罪名，賣刀一事，便是他們事先設計好的。林沖剛開始還不明白前後因果，等到被押到開封府大牢時，他靜下心思考，才想通其中的關鍵，不禁連連喊冤。

高俅原本是想將林沖定死罪。幸好開封府中有個名叫孫定的官員，為人耿直，他知道林沖被冤枉，一再向府尹建議將林沖從輕發落，再加上林沖岳父四處賄賂，希望能判個活路，因此事情漸漸傳開，府尹無奈，只好去與高俅商量。高俅自知理虧，又想此事若是鬧大也不好收拾，便同意府尹自行判決，之後自己再另外找辦法結束林沖性命。

府尹得了太尉首肯，回衙問孫定該如何結案，孫定思考了一下，說：「聽林沖口供，顯然是個無罪之人，只是現在捉不到那兩個差役，沒了人證，況且就算捉到也沒用，他們自然是高太尉的人。我想如今只能判林沖不該攜帶兵器誤入節堂，杖責二十，流配滄州。」府尹也不願另生枝節，便依著孫定的建議，迅速了結此案。

到了發配之日，林沖扛著枷，在董超、薛霸兩個差役的監督押送下，與岳父、妻子灑淚告別。從此天天清晨上路，黃昏歇息。當時正值酷暑，林沖剛受杖責時，覺得並無大礙，但兩、三天下來，傷口潰爛，他漸漸捱不住，一路上走走停停。

薛霸見他動作遲緩，便不耐煩起來，大喝：「到滄州還有多少路程，依你這樣走一步停兩步，要走到什麼時候才到得了？」

林沖百般無奈，只好懇求：「實在是因為傷口潰爛，撐持不住，請兩位多多見諒！」董超一臉同情，說：「你別理他，慢慢的走沒關係。」薛霸卻不答話，依舊絮絮叨叨的埋怨林沖。

轉眼天色已晚，三人投宿客棧歇息，林沖不等兩人開口，連忙從包袱中取出碎銀，叫店小二送上酒肉請兩人吃。吃過飯後，進到房中，薛霸馬上燒了一鍋滾水，倒在盆裡，對林沖說：「林教頭，洗過腳舒適點，比較好睡。」

林沖向他道謝，正想洗腳，偏偏被身上的枷卡住，彎不下身。薛霸看到，便說：「我來替你洗吧！」林沖哪敢勞動他，連忙說：「豈敢，豈敢！這萬萬使不得！」

薛霸早已蹲在地上，說：「出門在外，不必計較這麼多。」說著拉起林沖雙腳，退去草鞋，硬是把他一雙腳按進滾燙的沸水裡。林沖叫了一聲，兩隻腳急忙縮起，卻都已燙得紅腫。

薛霸冷笑著說：「從來只有罪人服侍差役，哪有差役服侍罪人的道理？我好心幫你洗腳，你還嫌冷嫌熱，你當你還是大爺嗎？」薛霸滔滔不絕的罵了一整夜，林沖人在屋簷下，只好忍氣吞聲。

隔天清晨，董超、薛霸喚醒林沖，準備趕路。林沖覺得自己頭重腳輕，卻不敢說，到要上路時，董超拿出一雙新草鞋，讓林沖穿上。林沖見自己腳上都是水泡，想找舊草鞋穿，卻怎麼也找不到，只好把新草鞋穿上。走不到三里路，他腳上的水泡全磨破了，鮮血浸溼了整雙草鞋，痛得他低呼不止。

薛霸忍不住又罵起來，林沖連聲懇求兩人幫忙，董超只好扶著林沖，又走了四、五里路。走著走著，林沖實在走不動了，腳下一陣歪斜不穩，翻倒在地。董超說：「走了半天，還走不到十里，這樣算起來，要走到何年何月才會到滄州？」

薛霸瞪了林沖一眼，埋怨：「這麼走一步、等兩步的，走得我都睏了，這裡是野豬林，樹蔭濃密，不如咱們睡一會兒再走吧。」

林沖正累得眼冒金星，巴不得馬上睡倒，董超、薛霸卻對他說：「咱們要睡一會兒，這裡又沒地方鎖住你，怕你跑了，所以只好把你綁在樹上。」林沖無奈的說：「兩位要綁就綁，我還敢怎樣！」董超、薛霸拿了繩子，把林沖連手帶枷，牢牢綁在樹上。

想不到二人沒有倒頭大睡，反而轉身拿起棍棒，不懷好意的望著林沖。董超說：「林教頭，不是我故意要找你麻煩，實在是前日臨走前，有個姓陸的找上門，說是高太尉下令，要我們結束你的性命，還要刮下你臉上刺的金印去覆命。你如今拖著三災八病的，再走幾天也是死，不如成全我們早點回家。你也別怨我們，要怨就怨你自己得罪了高太尉。」

林沖聽了這話，心知逃不過，只好閉目等死。薛霸提起棍子就要往林沖腦門劈下，樹後卻忽然飛出一根鐵禪杖，把棍子打成兩段，薛霸撐不住這力道，倒退了兩步，只見一個胖和尚從樹後跳出來，大喝：「老子在這裡等候多時了！」林沖睜眼一看，竟是魯智深。

魯智深提起禪杖，就要痛打董超、薛霸，林沖連忙叫著：「師兄，別動手，不關他們兩人的事，是高太尉要害我，他們也只是聽命行事罷了。」

「什麼聽命行事？他們存了這種壞心就該死，何況一路上他們折磨得你好苦！我一路跟著你們，在客棧裡見他用滾水燙你，本來要下手殺這兩個混帳，只是客棧人多，不好動手。如今他們想害你，正好殺他們報仇！」魯智深一邊說，一邊拿刀割開繩索，放下林沖。

林沖嘆了口氣，勸說：「冤有頭，債有主，師兄還是饒了他們吧。」

魯智深回頭瞪了二人一眼，大罵：「你們兩個混帳，老子要不是看在兄弟的面子上，早把你們兩個剁成肉醬！還不快扶起我的兄弟，跟著老子走！」董超和薛霸連忙扶起林沖，拿了包袱，跟著魯智深走出林子。

「師兄現在要往哪裡去？」林沖問。

魯智深瞄了瞄董超、薛霸，說：「殺人要見到血，

救人要救徹底。我放心不下你，就送你到滄州吧。」從此以後，魯智深要走便走、要歇便歇，要打要罵，皆隨他的意，董超和薛霸絲毫不敢反抗。

走了將近一個月，四人來到滄州地界，魯智深打聽清楚之後的路程已沒有荒僻的地方，對林沖交代了幾句，轉頭對董超、薛霸喝斥：「你們兩個聽著，要是再敢存有壞心，這松樹便是榜樣！」他提起禪杖，往松樹上一下打出兩寸深痕，樹幹應聲而倒。董超和薛霸驚得張口結舌，說不出話。

「兄弟，保重！」魯智深倒拖禪杖，甩開衣袖，自顧自的走了。林沖目送魯智深離去，心中感念不已，回頭見董超、薛霸還在發愣，反而催促著兩人上路。走沒多久，時間已近中午，三人就近往一家酒店去歇息。誰知道在店裡坐了半天，都沒人來招呼，林沖不耐煩起來，去找店小二理論，店小二卻說：「我這是好意，你卻不曉得。我們村裡有個大財主，姓柴名進，江湖上外號小旋風，專愛招集天下好漢，他常囑咐我們，若有流配犯人到這兒來，可以指點他們去找他，他自然會資助。我若招呼了你們，就顯得你們手頭寬裕，不就得不到他的資助了？沒得到資助倒也罷了，錯失這樣的人物，豈不可惜？」

林沖聽了，對董超、薛霸說：「這樣的英雄，倒不可不見。」便同往柴進莊院去。柴進聽說林沖是東京八十萬禁軍教頭，十分喜歡，留他在莊上住了五、六日，若非兩個差役催促，也不願林沖離開。林沖臨走時，柴進交給他兩封書信，好讓滄州上下照顧林沖，另外還給他許多銀兩，當作旅費。

因為有柴進的書信，林沖到了滄州後也不曾吃苦，雖是戴罪之身，但眾人看在柴進和銀兩的面子上，均給了不少方便，因此他生活得倒也自在。大約過了四、五十日，轉眼已是酷寒的冬天，管營的人忽然吩咐他到東門外看管草料場，他回房收拾簡單行李，便前往草料場。

當時天上陰雲密布，北風漸起，一場大雪早已紛紛落下。林沖來到草料場外，只見七、八間草屋作為倉庫，其中兩間草屋，便是他的住所。草屋被風吹得微微搖晃，他不禁擔心：「住在這草屋中，我要如何撐過一季寒冬？」

林沖在地爐中升起火，想著等到雪停後如何修補房屋。過了一會兒，他覺得越來越冷，想起剛才來的路上，似乎看見有座集市，不如往那兒去買酒暖暖身子。

心念一動，林沖取了銀子，把地爐蓋上，披好大衣，用花鎗挑起葫蘆，將門鎖住，踏著一地冰雪碎屑，迎著北風往集市走去。走不到半里路，他看見一座古廟，便站在廟前敬拜祈禱：「神明保佑，改日必來燒紙錢。」又走了一段路，終於找到一間客棧，林沖進去叫了些酒肉吃，臨走時又買了一葫蘆酒、兩塊牛肉，才踏雪而回。

回到草料場，林沖暗自叫苦，原來一場大雪，竟壓垮了兩間草堂。林沖擔心地爐內的火炭延燒起來，連忙搬開破壁、茅草，探身一看，卻發現火種早已被雪水浸熄。林沖嘆了口氣，思考今夜該住在何處，突然想起路上那間古廟，於是攜了隨身之物，轉身往古廟去。

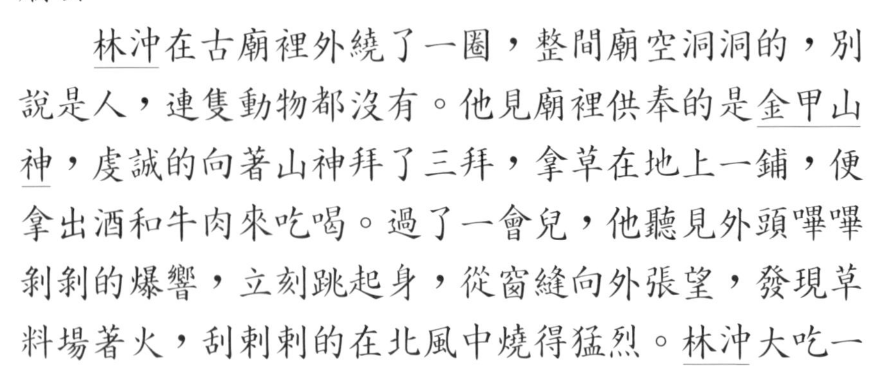

林沖在古廟裡外繞了一圈，整間廟空洞洞的，別說是人，連隻動物都沒有。他見廟裡供奉的是金甲山神，虔誠的向著山神拜了三拜，拿草在地上一鋪，便拿出酒和牛肉來吃喝。過了一會兒，他聽見外頭嗶嗶剝剝的爆響，立刻跳起身，從窗縫向外張望，發現草料場著火，刮剌剌的在北風中燒得猛烈。林沖大吃一

驚，正要衝出去救火，忽然聽到門外有人說話，便躲在門邊細聽，沒想到聽到的一番話卻讓他驚疑不定，怒火沖天。

原來高俅一心要害死林沖，好讓張氏死心，於是派陸謙來滄州，私下和管營的人商議好，調派林沖看守草料場，趁夜放火，即便林沖能在大火中逃出，燒了大軍草料場，也是死罪一條。

林沖越聽越怒，滿腔忿怨立刻湧上心頭，他抓起花鎗，拉開廟門，大喝一聲：「奸賊，納命來！」

陸謙與管營的人想不到林沖竟然在古廟裡，嚇得魂飛魄散。花鎗紅纓舞動，管營的人立刻被林沖刺死。陸謙三步併作兩步，拚命的跑，腳下絲毫不敢停留。林沖奔向前，往他後背刺一鎗，陸謙摔倒在雪地之中，翻身見林沖走來，他連連求饒。

林沖眼內噴火，大罵：「奸賊，我與你自幼相交，你卻三番兩次陷害我，如今還敢說不關你的事？」他左腳飛起，狠狠踢在陸謙臉上，一鎗將他戳死，銀白雪地裡，處處可見鮮血殷紅。

林沖連殺兩人，知道此處住不得了，連忙回廟裡取了衣物，慌忙向東逃走。大雪夜裡，林沖馬不停蹄的走了許久，身上越來越寒冷，抬眼看見遠處樹林之

中，隱隱有火光透出，像是有數間草屋。林沖加快腳步，走到草屋邊，伸手推開門，看見屋中坐著五、六個人，圍在地爐邊烤火，趕緊行了個禮，說：「我是過往路人，因被大雪打溼了衣裳，十分寒冷，想借火烘一烘，還請各位給個方便。」眾人聽說，便讓出個位子給他。

烘了一會兒，林沖覺得一陣酒香撲鼻，發現爐邊熱著一個酒甕，忍不住問：「我有些碎銀子，不知可否和你們換些酒喝？」

一個年紀較大的大漢開口：「我們每晚輪流看守米倉，如今天氣正冷，這些酒我們幾個都還喝不夠，哪裡有多的能給你，快別妄想！」

「就只要一、兩碗酒，讓我擋擋寒氣。」

「你好囉嗦！說了不行，還要來討。我們好意讓你烘衣裳取暖，你倒得寸進尺，要起酒來了！去去去！趁早離開這裡，再不走，就把你抓了吊在這裡。」

林沖正一肚子氣，聽了這些話哪裡還忍得住，手中花鎗看準一塊燒得通紅的火炭就往那年紀大的人臉上挑去，接著把花鎗一揮，嚇得眾人都跳了起來。

林沖倒提鎗桿，把眾人打了一頓，見五、六個人一哄而散，他冷笑一聲，拿起酒甕就喝。所謂愁腸易醉，喝不到半甕，林沖已經醉倒在地爐邊。

那群人不滿林沖，領了二十多人回來，見林沖醉得不省人事，連忙將他綁起來，解送到一座莊院，並把他高高的吊在門樓*上。等到林沖醒來，發現自己被吊在半空中，喝斥：「什麼人竟敢把我吊在這裡？」

「哼！這傢伙口氣倒大！」年紀大的大漢說：「給他點顏色瞧瞧。」一群人紛紛拿棍棒往林沖身上打去。正亂的時候，一個人正好走出莊院，見到林沖被打，吃了一驚，連忙叫眾人住手，問：「教頭怎麼到了這裡？」

林沖見此人竟是柴進，連忙呼救：「柴兄弟救我！」柴進命人將他解下，將林沖領到屋內，林沖仔細訴說別後發生的事，柴進聽了不禁感嘆：「兄弟災禍連連，厄運纏身，實在令人同情。如今既然來到這裡，就請放心住下，日後的事，日後再商量吧。」他命令僕人好好服侍林沖，並找了間空房讓他休息。

林沖住了幾日，聽說官府貼出通緝自己的布告，

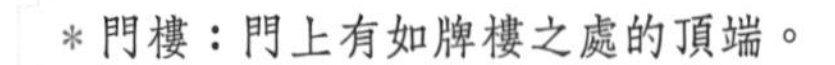

*門樓：門上有如牌樓之處的頂端。

各地查訪甚緊，不禁如坐針氈，等柴進回莊，就對他說：「柴兄弟的情意，林沖感激不盡，只是如今官府搜捕甚嚴，若是連累你，林沖萬死難贖，因此我想借些旅費，投奔他處，若是大難不死，必定報答你的大恩。」

柴進聽林沖這麼說，知他心意已決，便不強留，低頭沉思了一會兒，說：「既然你要走，我心中倒有個去處，不如由我寫一封書信，讓你帶去投奔，如何？」

林沖大喜，柴進接著說：「山東濟州有個水鄉，當地喚做梁山泊，如今王倫、杜遷、宋萬三位好漢，聚集了七、八百個小嘍囉在那邊落草，很多無處可去的人都往那裡去投奔避難，均獲收留。這三人與我交情深厚，只要有我的書信，你去入夥，一定沒有問題……只是滄州邊境有人把守，要如何才能通過那裡呢？」柴進稍加思索，笑著說：「有個計策，可以送你過去。」

當天，柴進吩咐僕人先背林沖的包袱出城，再叫人準備數十匹馬，帶上弓箭、獵鷹、獵狗，一行人軍裝打扮，把林沖混雜在人群中，一齊上馬，大大方方的

往城門去。守門軍官見到柴進，立刻上前陪笑說：「您要出城打獵？」

柴進點頭稱是，故意問：「為什麼這麼多人站在這裡？」守門軍官說明了緣故，柴進笑著說：「我這一夥人裡，就有林沖在內，你相不相信？」

守門軍官笑了笑，回答：「您是守法的人，怎麼可能會將林沖藏在隊伍裡面，真是愛開玩笑。」說完也不相驗，就放柴進等人出城。

一行人出了城，與先前出城的僕人會合後，林沖換了衣裳、拿過包袱，千恩萬謝的拜別柴進，便往梁山泊去了。

眾人聽完林沖的過去，無不痛罵高俅仗著權勢胡作非為。晁蓋聽林沖曾得到柴進引薦，忍不住稱讚：「柴進是大周皇帝的子孫，我經常聽說他仗義疏財，接納四方豪傑，對他一向非常仰慕。」

「幸虧王頭領有容人的雅量，否則教頭如此英雄，又得到柴進舉薦，若是一般凡夫俗子，只怕會對您懷有猜忌之心呢！」晁蓋等人聽吳用故意說反話，都略感詫異，但猜想吳用一定有別的打算，因此均未插話。

「不瞞各位好漢，這王倫其實心胸狹窄，當時我來投奔，他便曾多次刁難，百般推辭，拒絕讓我入夥。今日各位豪傑到來，對山寨而言，正是錦上添花的好事，但王倫卻妒賢忌能，害怕各位的聲勢壓過他，一付不肯相留的模樣，我看了心中不平，所以特地前來說明。」

「既然王頭領不能相容，我們也不用他趕，再去找別的地方投靠就是了。」吳用假意的說。

「各位千萬不可如此見外，明日聚義廳上，王倫若能收留大家就算了，若是他言語無禮，容不下你們，到時我自有打算。我到這裡，就是要向各位好漢說這句話，如今話已說完，不打擾各位休息了。」林沖向眾人一拜，告辭離開。

林沖走後，房中七人各自對看了一眼，晁蓋說：「王倫為人看來正如吳用兄弟所說的，卻不知明日會是怎樣的情況？」

「各位哥哥不須擔心，明日我們只須配合，自然會有人雙手奉上寨主的位置。」吳用伸伸懶腰，也不多加說明，就在床上舒舒服服的躺下。

隔天一早，王倫派人來請晁蓋等人入席，酒席中，只要晁蓋提起入夥一事，王倫便用閒話岔開。吳用在一旁偷看林沖臉色，只見他緊抿雙唇，神色很不高興。

等到酒席結束，王倫低聲吩咐小嘍囉幾句話，幾個小嘍囉領命而去，再入廳時，每人手上捧著一個大盤子，各放著五錠大銀。

王倫站起身，替晁蓋等人斟酒，說：「各位到此聚義，原本是無上光榮，可惜我們只是小山寨，糧少房稀，只怕委屈了各位英雄，因此不敢相留。這裡準備了一些微薄的銀兩，還請各位不要嫌棄，收下才是。」

王倫話還沒說完，林沖記起前事，心中早已怒火中燒。他揚起雙眉，兩眼圓睜，大喝：「先前我上山，你也推托說糧少房稀，推這推那，最後限我三日之內立下投名狀* 才讓我入夥。今日晁兄與各位豪傑到此，你又拿這套言語出來搪塞，究竟是何道理？」

吳用見林沖大怒，正中下懷，連忙說：「林頭領息怒。這都是我們來得不是時候，別壞了你們寨中兄弟的情分……」

* 投名狀：新入夥的強盜，必須親手誅殺一人，並將人頭交給首領，用以表示真誠。

林沖聽了這話，立刻站起來，伸腳把椅子一踢，不屑的說：「跟這種笑裡藏刀的窮酸儒生，說什麼兄弟！」只見他迅速從衣襟底下拉出一把明晃晃的刀，一個箭步，衝上前去扯住王倫。

吳用看到，咳嗽一聲，假意去拉林沖，晁蓋會意，便和劉唐上前攔住王倫後路，公孫勝站在廳上，向王倫和林沖說：「兩位不要為我們壞了兄弟的義氣。」阮氏三兄弟聽了這話，也都站起身來，假意勸人，卻分別去押住杜遷、宋萬、朱貴等人，其他小嘍囉們嚇得目瞪口呆，不敢輕舉妄動。

林沖捉著王倫衣襟，口裡罵著：「你這傢伙能有今天的地位都是杜遷的幫忙，武既不行，又沒文才，憑什麼做山寨之主？柴兄弟這麼資助你，他舉薦我來，你還用這麼多理由推托。如今眾豪傑上山，你非但不能相容，與大夥共圖遠景，居然還要打發人下山？如此看不起人，這梁山泊難道是你的？這種心胸狹窄的小人，留你何用！」說完一刀刺進王倫心窩，隨即刀光一閃，王倫首級已被割下。

朱貴三人看到，連忙跪下，晁蓋急忙將三人扶起。混亂之中，吳用拉過椅子，拉著林沖坐下，口中大喊：

「今日推林沖為山寨之主，如有不服者，王倫便是榜

樣。」

林沖臉色大變，大聲說：「吳兄這話說得就不對了！我今日只因看重各位豪傑，才以義氣為先，火併*了王倫這個不義之賊，實在無意要謀奪寨主之位。如今吳兄卻要讓我坐此大位，豈不是陷我於不義嗎？我有幾句話要說，卻不知各位是否願意依從？」

「頭領所說的話，誰敢不依？」朱貴等人恭敬聆聽。

林沖將刀丟下，說：「我有幸與各位相識，實在是無限歡喜，我看晁兄有智有勇，氣概非凡，天下豪傑聞名已久，我推舉他當山寨之主，不知各位以為如何？」

晁蓋正要出言推辭，林沖卻不讓他多做解釋，將他推坐在首位，又轉身勸說吳用、公孫勝分別坐上二、三位，二人拗不過林沖的堅持，只好接受。眾人見林沖還要推讓，吳用、公孫勝連忙押著林沖坐定第四把交椅，接著是劉唐、阮氏三兄弟，再來才是杜遷、宋萬、朱貴。

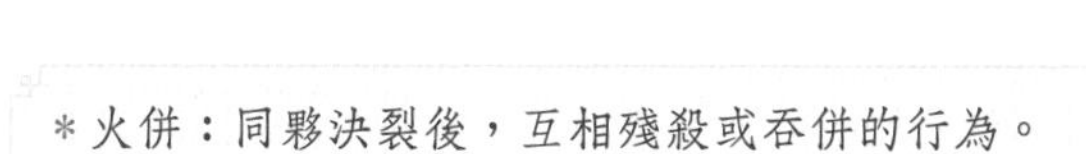
*火併：同夥決裂後，互相殘殺或吞併的行為。

寨中座次議定之後，一群人重開酒席，把酒言歡，杜遷等人對王倫作為早有微詞，而晁蓋性格豪邁爽朗、任俠重義，比王倫更有首領風範，因此眾人對他心服口服，對林沖殺害王倫一事也就不在意了。

過了數月，林沖見山寨在晁蓋等人當家之後，越來越興盛，兄弟之間彼此意氣相投，和王倫主掌山寨時的氣象全然不同。

之前林沖雖在梁山泊居住，但總感覺王倫對他頗有猜忌之意，因擔憂日後未必能在此安居，所以不曾想過要將岳父、妻子接來同住。如今情勢穩定，林沖不禁想將兩人接來團聚，他將心中念頭向晁蓋等人說了，眾兄弟連聲贊同，他便立即派人前往東京迎接。

誰知兩個月後，得到的卻是壞消息——張氏被高俅威逼親事，為了守節，已在半年前自殺身亡，林沖的岳父也因為長日憂懼，在半個月前已不幸染病身亡。林沖聞訊，忍不住潸然淚下，親眷已死，從此他的心中再無掛念。而晁蓋等人知道林沖的遭遇，無不感嘆世事無常，紛紛痛罵高俅倒行逆施*，日後必遭報應。

*倒行逆施：不遵守常理行事。後比喻違背社會風俗，胡作非為的罪惡行為。

附傳

天孤星——花和尚魯智深

為救陷落青州的孔家兄弟，魯智深等人會同梁山泊眾好漢大鬧青州，之後為了躲避官府追緝，只好決定毀寨出逃，前去依靠梁山泊。於是，魯智深和武松、楊志吩咐眾人收拾人馬財糧，等到諸事完備，收拾妥當，便放了一把火，將二龍山上的寨柵燒了，再與宋江大軍會合，一同前往梁山泊。

熊熊火光之中，魯智深不禁想起當日他離開五臺山時，師父智真送他的四句偈語，如今想來，竟似乎一一應驗了。回想起前塵往事，儘管魯智深生性粗率豪爽，心頭卻也不免升起些許感觸……。

魯智深還未落髮出家前，單名一個達字，在延安府擔任提轄。

某日，他與史進、李忠在酒樓上飲酒聊天，正說得興起時，卻聽見隔壁廂房斷斷續續傳來啼哭的聲音，魯達被吵得不耐煩，大手一揮，杯盤酒碗叮鈴噹啷的被摔在地板、牆壁上。店小二聽見，慌忙跑過來詢問，魯達一把揪住他，生氣的說：「混帳東西，老子好好的在這兒說話，可沒少給你酒錢，你卻找人來隔壁哭哭啼啼的觸老子霉頭！」

店小二嚇得連忙討饒：「提轄請息怒，小的哪敢做這樣的事！隔壁房間住的是一對在這裡賣唱的父女，他們最近連連遭遇禍事，想必是自覺命苦，所以才哭了，壞了提轄的酒興，小的馬上去趕走他們。」

魯達聽完倒好奇起來，說：「你去叫他們來，我倒要問問是什麼大事，讓他們這樣哭個不停。」店小二連忙去帶領那對父女進來，只見那老者約五十多歲的年紀，女子大約十八、十九歲，雖然腫著一雙淚眼，長得卻是十分秀氣。父女倆忽然被店小二叫來，心裡驚惶不定，只怕惹禍上身，因此一直不敢說話，直到魯達問起，那女子才抽抽噎噎的說起事情始末。

這對父女姓金，女兒名叫翠蓮，兩人原本要到渭州去投靠親戚，卻和親戚失散，輾轉流落到本地。偏偏本地有個財主看上了金翠蓮，說要收她做妾，還答應要給金老丈三千貫賣身錢，急急催著金老丈和他簽下契約。誰知後來那財主不但一毛錢也沒給，還硬收

了金翠蓮為妾。不到三個月，事情被財主的妻子發現，一頓棍棒將金翠蓮趕出門，那財主居然還拿著契約，叫店主人向金老丈追討三千貫錢。父女兩個走投無路，只好在此賣唱。因為這幾天生意慘淡，兩人怕還不出那麼多錢，想起種種委屈，才會忍不住啼哭。

魯達微挑雙眉，說：「哦？竟有這種事？你們說的財主是誰？」

金老丈回答：「他是在狀元橋下賣肉的鄭屠鄭大財主，綽號叫『鎮關西』。」

魯達聽了這話，跳起來大罵：「呸！老子還以為是哪個財主，原來是這個潑皮無賴，不過有點家產，居然敢這麼欺負人！兩位兄弟在這裡稍候，等老子去打死那傢伙就回來。」

史進、李忠費了半天工夫才勸住魯達，魯達氣忿忿的坐下，念頭一轉，問金氏父女：「我給你們一些旅費，你們明天就動身回鄉去，如何？」

金老丈聽了喜出望外，連忙拜謝：「若是能夠回鄉，您便是我們的再生父母。只是店主人恐怕不肯放人，鄭大財主說了，若是讓我們逃跑，三千貫錢就要算在他身上。」

「這不要緊，我自有辦法。」魯達說著，在衣袋裡掏了掏，摸出五兩銀子，回頭對史進、李忠說：「我今天趕著出門，錢帶的不夠，你們先借些銀子給我，明天就還你們。」

「這麼一點小錢，哪裡還要大哥還？」史進笑著從包裹裡取出十兩銀子放在桌上，李忠沒說話，只從身上摸出二兩銀子。魯達看了嫌少，便說：「真不是個爽快的人。」竟不拿那二兩銀子，只將自己與史進的銀子給了金老丈，吩咐他們回去收拾行李，明天早上他會去送他們上路。金氏父女接過銀子，千恩萬謝的走了，魯達三人再喝了一會兒酒，便各自回家。

隔天清晨，魯達起了個大早，親自到酒樓去送金氏父女，店主人見金老丈背了行囊要走，連忙攔住他們，魯達挑眉問：「怎麼？他房錢、飯錢沒結清嗎？」

「房錢、飯錢是結清了，只是欠那鄭大財主的錢還沒留下。」

魯達瞪了店主人一眼，說：「鄭屠的錢，我會還他，不用你多管閒事！」店主人支支吾吾的，就是不肯放人。魯達大怒，一個巴掌打下去，店主人立刻暈

了過去。魯達回頭向愣住的金氏父女大喝：「還不走，在這裡等什麼？」

金氏父女這才如夢初醒，連忙找車出城。魯達怕店主人派人去追，拿起板凳，硬是在店門口坐了一段時間，直到他猜想金氏父女已經走遠，才起身晃到狀元橋下。

鄭屠正吆喝著夥計招呼生意，見魯達遠遠的來了，連忙上前陪笑，說：「提轄好一陣子沒來了，快來這邊坐。」魯達看也不看他一眼，大模大樣的往板凳上一坐，說：「府裡的大人吩咐了，要十斤精肉，切得碎碎的，一丁點肥油也不許留在上頭。」

「欸！」鄭屠答應了，正要叫人來切，卻聽魯達說：「不要他們，那些傢伙粗手重腳，切得不乾淨，你親自去切。」鄭屠只好洗淨了手，挑了十斤精肉，細細的切成肉末。好不容易切好了，拿了荷葉包上，送到魯達面前，沒想到魯達看也不看，又要他把十斤肥肉也切碎，鄭屠詫異的問：「剛才要精肉，應該是府裡要包餃子用的，這肥肉不知要做什麼？」

魯達不高興的說：「大人就是這麼吩咐，誰敢去問

他？」鄭屠聽魯達口氣不佳，只好陪笑臉，又去切了十斤肥肉。

「肉都切好了，是不是小的派人替提轄拿到府裡去，免得髒了您的貴手。」

魯達看了他一眼，也不回答，冷冷的又說：「還要十斤的軟骨，一樣細細的剁碎了，不要有一點肉渣在上頭。」

鄭屠聽了這話，十分為難，苦笑著說：「提轄這不是消遣我嗎？」這話讓魯達逮住機會借題發揮。他立刻跳起身來，隨手抓起兩包肉末劈頭就往鄭屠臉上打去，大罵：「老子有那個閒工夫嗎？還特地來消遣你！」

鄭屠被肉末撒了整臉，不由得大怒，從桌上拿起一把剔骨尖刀，伸出左手要來抓魯達。魯達微微冷笑，趁勢按住鄭屠左手，左腿則往他小腹一踢，將他踢倒在地。接著魯達一個跨步上前，提起拳頭往鄭屠臉上揮過去，口裡罵著：「鎮關西？你是什麼東西，不過是個賣肉的，也敢誇口叫自己鎮關西！你怎麼騙了人家女兒的？你說！」

才打了三拳，鄭屠已是出氣多、入氣少。魯達心想：「沒想到這傢伙高頭大馬的，卻這麼不耐打，要是

打死了他倒麻煩。」於是他站起身來，邁步就走，還故意回頭罵說：「好，你詐死！明天再慢慢和你理論。」回到住處，魯達只怕出事，急急忙忙收拾財物，提了一根齊眉短棒，出城走了。

鄭屠家人聽到魯達的腳步聲遠了，才敢出來探視，卻發現鄭屠躺在地上，面色死灰，搶救了半日，還是不治身亡。鄭家人趕緊到衙門告狀，但等到知府派捕快去捉人時，哪裡還有魯達的影子，只好發文通緝。

魯達離開渭州，慌亂之中，也不知道該往哪裡去，只好隨意亂走。一日，他來到代州雁門縣，看到一群人圍在十字街頭看榜文，他好奇的湊上前，聽見前頭有人讀榜文：「……懸賞一千貫錢，捉拿打死鄭屠的凶犯魯達，如有藏匿不報，視同共犯……。」這時，後面忽然有個人將他攔腰抱住，拉著他擠出人群，口裡還大叫：「張大哥，你怎麼在這裡？」

魯達吃了一驚，回頭看，竟是金老丈。金老丈連忙將魯達拉到僻靜的角落，見左右無人，才說：「恩公，你膽子好大，榜文上清楚說明了你的相貌特徵，你怎麼還去看榜？」魯達笑了一笑，沒有回答，反倒問起金氏父女的近況。原來金老丈帶著女兒來到代州，經人作媒，將金翠蓮嫁給此處趙員外做小妾，趙員外

在外頭另準備了間屋子安排他們父女倆住下，生活倒也豐足。父女倆時常想起魯達的恩惠，時時想著要知恩報恩，想不到卻在此處與魯達相逢。

金老丈滿心歡喜，拉著魯達回到家中，並在趙員外面前大大誇獎魯達。趙員外是個喜好舞刀弄棒的人，見了魯達武藝，非常喜愛，便留魯達住下。過沒幾天，聽說官府在附近頻繁打聽魯達的下落，眾人擔心出差錯，便在廳上商量對策，突然趙員外靈機一動，說：「我有個想法，保證萬無一失，只怕恩公不肯。」

魯達與金老丈連忙詢問，趙員外說：「離此不遠的五臺山上有個文殊院，領頭的智真長老與我熟識已久。我曾許下要剃度一僧在寺裡的誓言，連度牒*都準備好了，只是一直找不到人。如今恩公若是肯落髮做個和尚，一切費用都算在我身上，不知您意下如何？」

魯達心想自己無處投奔，眼前只有這個方法可行，便同意了趙員外的主意，隔天收拾好東西，就和他往

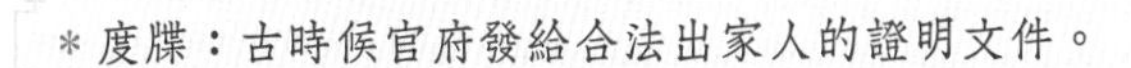

*度牒：古時候官府發給合法出家人的證明文件。

五臺山去。趙員外向智真說起想將魯達剃度一事，智真口誦佛號，便吩咐僧眾準備剃度事宜。眾僧見魯達形貌凶惡，心裡都有些不安。一位僧人暗自對智真稟告：「這人相貌凶惡，性子想必頑劣，千萬不可剃度他，免得日後連累我們。」

智真猶豫了一會兒，說：「你們不用多心，等我觀想完就知道了。」他點起一炷香，盤腿而坐，口誦咒語，便開始冥思觀想。大約燒完一炷香的時間之後，智真睜開雙眼，笑著說：「剃度他無妨，此人心地剛直，日後修行的成果非凡，你們都比不上他。」眾僧無奈，只好分頭去準備。不久，魯達便在佛前落髮剃度，賜名智深，由智真親自摸著智深的頭宣說戒律。

自從魯智深在五臺山出家，一下子已過了四、五個月，他生性莽撞粗魯、暴躁無禮，種種行為與寺內僧眾都合不來，眾僧也都不太敢理他。幾個月下來，大大小小違例之事，不知鬧了多少，智真看在趙員外的面子上，都不和他計較。

這天，魯智深見天氣晴朗，換了外出僧袍，漫步走出山門，口裡嘟嘟囔囔：「我往日大口喝酒、大塊吃肉，快活得不得了，如今做了和尚，整天吃青菜蘿蔔、素雞素鴨，餓得我一身乾癟，嘴裡都快淡出鳥來！要

是能得些酒肉來吃就好了。」他一面想，一面隨意遊走，不知不覺走到一個市鎮，只見街市繁華，各式店鋪應有盡有。

魯智深數月未吃酒肉，此時聞到兩邊客棧酒肉飄香，忍不住心癢了起來，哪裡還管什麼清規戒律，馬上走進客棧，連聲叫人拿酒。店主人見魯智深從五臺山上下來，連忙過來陪笑說：「師父恕罪，我們的房舍、本錢都是五臺山寺裡借的，日前長老傳下旨意，若我們賣酒給五臺山寺裡的僧人，不僅要追還本錢，也不准再在這邊做買賣，還請師父別見怪。」

「你賣些給我，我絕不供出你來就是了。」

店主人連連搖手，一直賠罪，魯智深沒辦法，只好起身離開。一連走了好幾家，都不肯賣，魯智深酒癮已犯，不禁焦躁起來。他遠遠望見市鎮盡頭，有一家酒店的招牌，在杏花叢中迎風招展，他心生一計，

大踏步走上前去。

魯智深一進店裡，口裡就喊：「店家，路過的僧人買碗酒喝。」

店家看了看他，疑惑的問：「你是哪裡的和尚？若是五臺山上寺裡的師父，我可不敢賣酒給你。」魯智深早編好一套說詞，只說自己是雲遊僧人，剛好路過。店家信以為真，問他要多少酒，魯智深見計謀得逞，便說：「別問多少，儘管拿大碗篩來。還有，肉也切幾斤來。」

酒肉一端上桌，魯智深大喜，雙手連伸，將酒肉如流水般送入口中，轉眼已喝了十幾碗酒、好幾斤肉，店家在一旁看傻了眼，他卻叫店家再篩上酒來。沒多久，魯智深又喝光了一桶酒，他摸摸肚子，打了個飽嗝，掏出銀兩丟在桌上，說：「多出來的，明天再來喝。」便跌跌撞撞的回五臺山去了。

走到半山腰，魯智深腹內酒氣上湧，坐在路旁亭子裡歇了一會兒，忽然又跳起來，喃喃自語：「我這拳腳很久沒施展，可別生疏了，試打幾拳看看。」說完走下亭子，就在路邊打起拳來，他越打越起勁，竟一掌擊在亭柱上，亭柱斷折，半邊亭子都塌了。守門僧人聽見半山腰一聲巨響，連忙出來看，卻見魯智深邊

走邊晃的走上山，僧人大吃一驚，趕緊將山門關上。

魯智深見山門緊閉，伸出兩隻拳頭，擂鼓似的不停敲門，敲了一陣，靠在門上喘口氣，看見左邊金剛塑像，大喝一聲：「你這個大漢，不替老子敲門，反倒伸著拳頭嚇唬人，老子可不怕你。」接著乒乒乓乓一陣響，魯智深竟將金剛打得四肢斷裂，他一轉身，見到右邊的怒目金剛，大喝：「你這傢伙張大了嘴，倒來看笑話！」抬起腳一踹，那尊金剛搖搖晃晃的從臺基上倒下來，立刻頭身分離。

守門僧人從窗口中看見他毀損兩尊金剛，連忙去報告智真。智真無奈，只好吩咐眾僧暫時閃避，明日再處理。

魯智深在山門外鬧了一陣，奮力推門，沒想到竟將山門推開，跌進寺裡。他爬起身，摸了摸頭，忽然喉頭一陣發癢，直奔大殿低頭便吐。來不及閃避的僧眾見他將大殿吐得穢臭不堪，哪裡還忍得住脾氣？幾個性急的僧人呼喝了幾聲，魯智深聽見，也不管是人是佛，便是一頓拳打腳踢，將文殊院鬧得天

翻地覆。眾僧氣不過，紛紛拿起棍棒，將他圍住，魯智深大吼一聲，掀翻供桌，折下桌腳當武器，一群人翻翻滾滾，從殿裡打到殿外。

一番折騰下來，魯智深酒已醒了七、八分，聽見智真出來喝斥：「智深，不得無禮！所有人都住手。」眾僧紛紛退開，智真見傷了數十名僧眾，嘆了口氣，先叫所有人退去，將魯智深領到禪房之中，才對他說：「智深，你之前幾次胡鬧，我都不理會，如今你打壞屋宇、塑像，有趙員外替你賠償也就算了，但你玷汙清淨佛地，罪孽不小，我庇護不了你了。我有一個師弟在東京大相國寺當住持，你拿著我的書信，到他那裡找個職位，現在便下山去吧。」

魯智深自知理虧，也不敢爭辯。智真搖搖頭，又說：「你我師徒一場，我沒什麼東西可以相贈，只有四句偈語，日後你就明白了。」

聽了這話，魯智深連忙跪下，智真淡淡一笑，說：

遇林而起，遇山而富，遇州而遷，遇江而止。

魯智深不懂其中涵義，也不敢問，向智真拜了九拜，回房收拾衣物，拿了禪杖、戒刀，下山去了。

魯智深一路匆忙趕路，走了約半個月。這天，因貪看沿途風光，不知不覺錯過住宿的地方。魯智深看天色漸晚，正在憂急不知該往何處投宿時，忽然看見遠方樹林中似乎有火光閃動，他心想有火光處必有人家，便加快腳步往前趕去。

走到樹林外，果然有一所莊院隱在樹林之中，魯智深鬆了口氣，連忙上前向一名僕人打招呼，那僕人看了他一眼，也不理他，只是自顧自的忙碌。魯智深見院中僕人們來來往往，卻都面色緊張，不禁有點好奇，轉頭看見一個老人站在一旁，便上前向老人打招呼：「這位老丈，我是五臺山來的僧人，因錯過住宿的地方，想借貴莊歇一晚，不知方不方便？」

「既然是五臺山的師父，哪有什麼不方便的？請跟我進來，不知師父忌不忌葷酒？」

「我不忌葷酒，只要有就吃。」魯智深隨老人入莊，行走間問起，才知此地叫做桃花莊，那老人姓劉，人稱桃花莊劉太公。

兩人進到屋中坐定，僕人送上酒菜，魯智深也不謙讓，不一

會兒就將酒菜吃得乾乾淨淨。等魯智深吃完，劉太公對他說：「我家簡陋，請師父在外面廂房將就一晚，夜裡若是聽到有什麼聲響，千萬別出來探視。」

魯智深聽這話說得很奇怪，再想到剛才僕人的神色，忍不住問：「不知道貴莊今晚有什麼事嗎？」

「這不是您一個出家人能管的事。」劉太公憂愁滿面，悶悶不樂的說。

魯智深只覺得古怪，又見劉太公面帶愁容，故意說：「太公怎麼看起來不太開心，難不成是怪我不該來打擾嗎？不然我明天照數算房錢給你，不用這麼愁眉苦臉的。」

「師父說的是哪裡話，我家經常供養僧人，哪差師父一個？不瞞師父，實在是因為今晚我女兒要出嫁，所以正在煩惱。」

魯智深忍不住笑著說：「男大當婚，女大當嫁，這有什麼好煩惱的？難道要把女兒留成老姑婆不成？還是……這門親事不是您願意的？」

「師父說的沒錯。」劉太公嘆了口氣。

原來劉太公只有這個女兒，日前桃花山上的一個大王到莊上討保護費，竟看中了她，丟下二十兩金子、一匹紅色錦緞，硬是定了這門親事，選好今夜要來迎

娶。劉太公心裡雖然不願意，但對方是打家劫舍的強盜，連官府都管不了，他怎麼敢多說一個不字呢？

「原來如此。我倒有個辦法能叫他回心轉意，不要娶你女兒。」

劉太公一愣，驚訝的說：「他是個殺人不眨眼的魔頭，師父有什麼能耐能夠讓他改變心意？」

魯智深笑著解釋：「欸，我在五臺山智真長老那兒學過說因緣，就算是鐵石心腸也能說得他改變心意。今晚你叫女兒到別處躲起來，讓我藏在新房中，我只需要勸一勸他，他一定會回心轉意的。」

劉太公聽了這話，不由得喜悅，只是心裡仍有些憂慮，遲疑的說：「師父的主意雖好，只是不要倒把他們惹毛了。」

魯智深挑眉瞄了他一眼，笑著說：「難不成我是不要性命的？你依我的主意就對了。」

「阿彌陀佛，菩薩保佑！派了個活佛下凡解救我們。」劉太公喜出望外，連忙問魯智深：「師父，您吃飽了嗎？要不要再吃些？」

「飯倒不用，有酒再拿些來。」劉太公趕緊叫人再送上酒肉，魯智深暢快的喝了二、三十碗酒，又吃了一隻肥鵝，才提起禪杖、戒刀，站起身來，對劉太

公說：「帶我到新房去。」魯智深進到房中，回頭吩咐劉太公和眾僕人各自去忙，劉太公便領著僕人們去準備燈燭酒席。

魯智深將戒刀放在床頭、禪杖倚在床邊，放下床帳，吹滅了燈，鑽進床帳裡坐定。大約到了初更時分，遠處鑼鼓之聲響起，慢慢由遠而近，來到桃花莊上。魯智深隱約聽見劉太公和山大王對答了幾句，敬過酒後，就帶著他往新房來。

那山大王已有幾分醉意，推開房門，見裡面黑鴉鴉的，忍不住喃喃自語：「唉，我這岳父也太過節省，新房裡連燈也不點一盞，讓我的娘子在這黑漆漆的屋裡坐著，我倒捨不得了，明天叫人從寨裡扛一桶油來給他點。」魯智深在床帳裡聽見，心裡暗暗好笑，卻不出聲。

山大王輕手輕腳的摸黑進屋，口裡輕喚：「娘子，妳怎麼不出來接我？不要害羞啊！」他一邊呼喚，一邊伸手摸索，等到摸到床帳，便將手探入床帳中，摸著摸著，摸到魯智深的肚皮，還輕輕的掐了一下。魯智深趁勢一把將他抓住，翻身將他按在床上，

那山大王還在掙扎，魯智深已經一拳打在他臉上，山大王痛得大叫：「為什麼打老公？」

魯智深大喝：「讓你認得你老婆！」說著，他拳腳齊上，打得山大王連呼救命。劉太公在外面聽見求救聲嚇呆了，而那些小嘍囉們則連忙衝進新房。魯智深見眾人湧上，轉身拿起禪杖，虎虎生風的打了起來。小嘍囉們見他武藝高強、來勢洶洶，不敢接招，竟一哄而散。

山大王趁機衝出莊外，拍馬便走，還回頭大罵：「好個劉太公， 敢戲弄我 ！ 等一下叫你知道我的厲害！」

劉太公拉住魯智深，一臉憂愁的說：「師父，你害苦我們一家子了。」

魯智深穿好衣服，安撫劉太公：「太公不用驚慌，我原是延安府提轄官，因為一些不得已的理由，才出家當了和尚。別說是這個山大王，哪怕他來一兩千人，我也不看在眼裡，我就在這兒等他，不會跑的。」

劉太公聽了這話，稍微安心，連忙喚人再取酒肉，魯智深酒到杯乾，越喝越有精神。正在吃喝的時候，突然有僕人來報：「山上強盜全都來了！」

魯智深拋下酒碗，大聲說：「你們別慌，被我打倒

的強盜，你們就把他綁起來，送到官府去領賞。」說著他提起禪杖，走到莊前。

領頭的強盜大喝：「快把那禿驢交出來！」

「你們這些無賴，讓你們認得老子！」魯智深提起禪杖，打了出來。

領頭的強盜覺得來人聲音十分耳熟，問起魯智深的姓名，才知眼前的和尚竟是魯達。他翻身下馬，笑著說：「原來是哥哥，難怪二弟栽在你手裡。」

魯智深怕他使詐，先後躍數步，才仔細一看，原來這人竟是日前一同在酒樓飲酒的李忠。兩人在莊前聊起近況，李忠並介紹另一名強盜頭領周通給魯智深認識。劉太公發覺魯智深與李忠、周通稱兄道弟，內心驚疑不定，連聲叫苦。

正當劉太公暗恨自己引狼入室時，魯智深招手叫他過去，他怯怯的走到魯智深身旁，卻聽見他說：「太公，周通老弟已經對天發誓，不娶你的女兒，你將金子、布匹還給他，這事就算是結束了。」劉太公喜出望外，連連向魯智深拜謝，趕緊將東西還給周通。

李忠、周通見魯智深武藝出眾，均想桃花山若能得他入夥，簡直是如虎添翼，便殷勤邀他去山寨作客。魯智深在寨中住了幾天，覺得李忠、周通行事小氣、

氣量狹窄，均非慷慨之人，相處起來十分不投緣，不願在山上久待。魯智深執意要走，李忠和周通知道無法挽留，便說要下山去劫掠，好贈與他作旅費。

魯智深見二人領著小嘍囉下山，心裡想著：「這兩個人也太吝嗇，寨裡放著許多金銀，卻還說要去打劫別人，再給我做旅費。哼！我倒要叫他們嚇一大跳。」他打定主意，便叫小嘍囉過來篩酒，才喝了兩碗，忽然三兩下將小嘍囉踢倒，綑在一邊，順手拿起桌上的金銀酒器，踏扁了放在懷中，因懶得再與李忠、周通二人碰面，便從後山離開。

離開桃花山後，魯智深猜想李忠、周通之後的反應，忍不住笑了出來，心情暢快，放開腳步，直接往東京而去。過了幾天，魯智深來到東京，都城氣派，果然不同凡響，只見街市繁華，處處新奇，魯智深在心裡讚嘆連連，四處遊賞後，才找人問明了大相國寺的位置。

來到大相國寺，魯智深也不找人通報，直接走進寺內，負責接待香客的僧人見他背掛戒刀，手提禪杖，面貌凶惡，又直直走向大殿，

怕他想鬧事，連忙上前問明來意。

「原來您要找住持，我幫您通報，請您稍候。」僧人帶魯智深前往偏殿等候，沒多久，智清走進偏殿，魯智深向著他拜了三拜，才從包袱中取出智真的書信。

智清展開書信，暗自考慮：「若留下魯智深，只怕擾亂寺中清靜，五臺山的事件，難保不會在大相國寺重新上演；若要趕他離去，不僅於理不合，又怕他鬧事……」沉思了一會兒，智清心中已有了主意，便說：「你既然是我師兄引薦而來，當然應該留你在此安居，正好本寺在酸棗門外嶽神廟隔壁有個大菜園，需要個有本事的人前去管理。你在這邊住一晚，明早就去那邊上任吧。」

魯智深聽了，也不懷疑，隨著僧人下去休息。隔天清晨，他領了住持法旨，自己到菜園去上任。原來這菜園經常被本地的二十多個流氓糟蹋，有時偷採蔬菜，有時縱放羊馬，原本管理的人是個老和尚，根本管不了他們。

智清心想魯智深是軍伍出身，留他在寺內難免生事，於是派他去管理菜園，一來遠離寺內，就算鬧出事來干涉也不大，二來對這些流氓或許有嚇阻之效也不一定。因此連夜派人去召回老和尚，並在菜園邊貼

上榜文：「大相國寺監管菜園僧人魯智深，自明日起開始掌管，閒雜人等不許入園騷擾。」

那群流氓見了榜文，想著要給新來的和尚一個下馬威，興沖沖討論好惡整的方法。等到魯智深來到菜園，那群流氓拿了果盒酒禮，笑嘻嘻的說：「聽說師父新上任，我們幾個街坊鄰居特地來道賀。」

魯智深不知有詐，迎上前笑著說：「既是街坊鄰居，怎麼不到屋裡坐坐？」幾個流氓沒有動靜，反倒是帶頭的兩人向魯智深行了個大禮，拜倒在地上不肯起來。魯智深心中猜疑：「這夥人不三不四，說要道賀，卻又不肯上前，莫非有鬼？不如我走過去，看他們有什麼詭計。」

帶頭的兩人見魯智深大踏步走近他們，口裡連說恭喜，雙手卻分別來抓他左、右腳。魯智深哪容他們近身，雙足連點，將他們兩人踢了個跟斗，接著「噗咚、噗咚」兩聲連響，兩個流氓先後掉進糞坑裡。原來這幾人站在糞坑旁，故意擋住魯智深視線，等引誘他上前，就要將他拉下糞坑。

其他流氓驚得瞠目結舌，紛紛要

逃，魯智深大喝：「哪個要是敢動，就下去陪他們兩個清糞坑！」流氓們面面相覷，哪裡敢動，落在糞坑裡的兩個流氓，臭氣熏天，卻也不敢妄動，口裡連呼饒命。

魯智深冷笑一聲，說：「憑你們這點三腳貓本事，也敢到太歲頭上動土！你們還不救起他們後快滾，免得熏臭了我的菜園子。」其他流氓聽了，連忙將兩人拉起，慌忙逃走。隔天，那群流氓準備了酒肉前來請罪，魯智深也不記仇，就和他們在菜園旁吃喝起來。

正在喧鬧時，門外烏鴉啞啞叫個不停，那群流氓不約而同說：「呸！晦氣！壞的去，好事來！」

魯智深錯愕的問：「這又是做什麼？」

一人回答：「欸，烏鴉叫，只怕有禍事。」

旁邊種菜的人聽了這話，笑著說：「外邊綠楊樹上最近添了個烏鴉巢，每天從早叫到晚，也沒有什麼事呀。」

「不管怎樣，聽著總是覺得晦氣，不如我們把那巢毀了吧？」當中一人提議，其他流氓同聲附和，立刻一同來到門外，魯智深反正沒事，便也跟了出來。一群人正在商量怎麼搗毀烏鴉巢，魯智深上前看了看，也不說話，彎下身子，將綠楊樹抱住，一使勁，竟將整棵樹連根拔起。眾人見了，大吃一驚，連連誇讚他是羅漢轉世。

魯智深笑著說：「這算什麼，你們還沒瞧過我的真本事。」眾人連忙央求魯智深讓他們開開眼界。魯智深取出禪杖，先放在地上讓眾人試拿，卻沒有人拿得起這看似普通的禪杖。他微微一笑，腳尖輕勾，輕輕鬆鬆的挑起禪杖，右手接住，隨意舞動起來。禪杖帶風，颼颼連響，一根五尺長的禪杖，在他手中舞得密不透風，毫無破綻，那群流氓見了，忍不住齊聲喝采。

魯智深使得正起勁，卻聽到牆外有一人大喝：「好杖法！」

眾人回頭一看，一個三十四、五歲的男子站在牆邊觀看，連連點頭稱讚：「這位師父武藝高超，一套杖法使得滴水不漏。」

「既然是這位教頭說好，可見必然是好的。」一個流氓拍手笑著說。

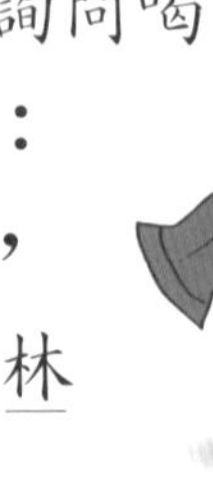

魯智深停了手，詢問喝采之人是誰，那流氓回答：「原來師父不知道他，他是八十萬禁軍教頭林沖。」

魯智深想到這裡，忍不住向前頭宋江隊裡的林沖望了一眼，想起後來因為解救林沖，得罪了高太尉，大相國寺從此住不得，只好浪遊江湖，四處東奔西走，後來因為沒處安身，便想到二龍山入夥。誰知二龍山的人胸襟不廣，不能容人，魯智深一氣之下，乾脆夥同在山下遇見，因為生辰綱被劫而出逃在外的楊志打下二龍山，從此便在二龍山上的寶珠寺落了草，後來武松加入後，山寨氣象更加繁盛。

智真說的「遇林而起，遇山而富」確實都應驗了，如今為救孔家兄弟，他聯絡了梁山泊、桃花山，一同大鬧青州。事成之後，他想若是日後官府興起大軍前來圍剿，只怕二龍山無力對抗，又見宋江謙和重義，因此在他的遊說下，魯智深與武松、楊志商議後，決定放棄二龍山，一同前往梁山泊，彼此也有個照應。

魯智深忽然心頭一驚：「智真長老說的『遇州而遷，遇江而止』，現在不也應驗了嗎？世事起落無常，原來冥冥中自有定數……。」魯智深微有感觸，但他畢竟是個開朗豁達的人，如今又有這麼多意氣相投的兄弟，剛才的感傷也不放在心上，與眾人笑鬧著往梁山泊去了。

附傳

天傷星——行者武松

拜別柴進之後，宋江動身前往清風寨。由於路上會先經過孔家莊，宋江便順路去拜訪舊識孔太公。剛好孔太公的兩個兒子醉心學武，硬要宋江指點他們武功，宋江心想反正無事，又念著孔太公的深情厚意，便收了兩人為徒。這天宋江與孔太公在後院喝酒，聽見前院鬧哄哄的，心想孔家兩兄弟又不知道在與誰爭鬥。宋江與孔太公相視一笑，搖搖頭起身走到前院，見眾人擠成一團，忍不住高聲問：「你們兄弟倆又在打什麼人？」

兩兄弟聽見宋江聲音，搶著向他告狀：「師父，你不知道，今天我們兄弟倆和幾個朋友去酒店喝酒，不知道哪裡跑來一個賊行者*，不分青紅皂白，打了我們一頓，還把我們丟在水裡，頭臉都撞破了，還差點

*行者：指帶髮修行，過著出家生活的佛教徒。

凍死。我們換了衣服再去找這傢伙時，他竟然把我們的酒肉吃光，醉倒在店門前，所以我們把他抓回來，準備慢慢拷打。依我看，這賊行者也不是真的出家人，他臉上刺著兩排流配的金印，卻把頭髮放下來遮住，肯定是個畏罪潛逃的小賊，說不定送到官府還可以賺筆賞金。」

宋江低頭望向躺在地上的大漢，只見他披頭散髮，看不清面貌，便說：「我看這人也是個好漢，你們把他扶起來，讓我看清楚些。」眾人連忙將那人扶起，宋江湊上前去一看，大吃一驚，原來那行者不是別人，竟是武松。宋江又喜又驚，說：「這不是武松嗎？你們快點把人放開，這個是我兄弟。」

孔家兄弟慌忙替武松鬆綁，讓他換過乾淨衣服、喝過醒酒茶後，便扶著他往後院草堂來。武松略清醒了些，認出宋江，心中喜悅難以言喻。兩人一陣寒暄，互訴別來之情，武松才向宋江說起分別後的遭遇……

那天，武松告別宋江後，獨自走了幾天，不知不覺已來到陽穀縣。武松一路走來，覺得又餓又渴，抬眼望見前面有間酒店，便進到店裡坐下，喚店小二送上酒菜。店小二聽見叫喚，端了三個碗和熱菜放在武松面前，並拿起其中一個碗，篩了滿滿一碗酒給武松。武松接過碗，一飲而盡，十分暢快，讚嘆：「哈！這酒真帶勁！店小二，再切兩斤熟牛肉來配酒吃。」店小二送上熟牛肉，隨即又替武松滿滿篩了一碗酒，武松一仰脖子，又喝得涓滴不剩，口中直讚好酒，叫店小二再篩酒，店小二拿起第三個碗，又篩了一碗。

篩過第三碗後，等了好半天，店小二都沒再來篩酒，武松焦躁起來，敲著桌子說：「店小二，怎麼不來篩酒？」

店小二趕緊走到武松桌邊，陪笑說：「客官，我們店裡的酒烈得很，以往的客人喝了三碗酒，就都醉倒了！您沒瞧見招牌上寫著『三碗不過岡』嗎？這酒您已經喝過三碗，不能喝了。」

「為什麼不能喝？酒烈又怎麼樣，我肯定不會喝醉，快篩酒來！」

這話店小二不知道聽過多少次了，只好陪笑再勸：「客官您不知道，我們這酒叫透瓶香，又叫出門倒，後勁很厲害，很多自比是酒桶、酒缸的好漢都受不了咧。」

「老子可不是那種尋常好漢，不要再囉嗦，又不是不給你銀子，一直嘮嘮叨叨的做什麼？」說著他掏

出一錠碎銀丟在桌上，吩咐店小二再添酒肉來，店小二無奈，只好再切了兩斤熟牛肉，又替他篩了酒。六碗酒過去，店小二又來勸，武松瞪了他一眼，問：「是我那錠銀子喝完了嗎？」

「不是，銀子還剩不少呢！只是怕客官醉了，您這麼威武的身子，小的可扶不住。」

「要你扶的，不算好漢！你儘管把酒篩上來，剩的銀子能買多少，你就篩多少，要再來囉嗦，老子把你這鳥店砸個粉碎！」店小二被武松這麼大喝，不敢再多說，只好將酒一碗又一碗的篩上。

等到武松吃飽喝足，算算已喝了十八碗酒，卻依舊精神奕奕。他站起身，拿了行李便走。店小二連忙跑出來叫住他，武松眉頭一皺，回頭問：「叫我幹什麼？要我扯爛你們『三碗不過岡』的招牌嗎？」

店小二嘿嘿一笑，走上前去，說：「客官您沒瞧見官府的榜文嗎？如今景陽岡上有猛虎出沒，專門在夜裡出來傷人，聽說已經死了二、三十個人，現在入夜之後就沒人敢過岡，就算是白天，單獨的客人也不敢過岡，所以小人來問看看客官是不是歇一夜，明早再走？」

「從來沒見過這樣招攬客人的，這是你們耍的花樣，老子才不信，就算真有猛虎，老子也不怕牠。」說著他把包袱甩上肩，自顧自的走上景陽岡。走了約四、五里路，看見路旁一棵大樹上有幾道新的爪痕，武松這才相信岡上有猛虎出沒，想要回頭，又怕店家取笑，此時一股酒氣湧上來，武松膽氣大增，邁起大步，往岡上走去。

走了一段路，酒力開始發作，武松覺得全身發熱，便敞開衣襟，腳步歪斜的走進樹林。走沒幾步就看見一塊無比清涼的平坦大石，武松正熱，一翻身就躺在大石上。此時，背後樹叢中傳來一陣亂響，一陣風過，一隻猛虎忽然跳了出來。

武松看見猛虎，嚇得從大石上翻了下來，只見那頭猛虎惡狠狠的盯著武松，兩隻前爪在地上略按了按，便往武松撲來。武松手腳俐落，一個閃身，閃到猛虎背後。

猛虎轉過身來，對著武松嘶吼，武松嚇出一身冷汗，渾身酒意一時全都醒了，他看著猛虎，絲毫不敢輕舉妄動。說時遲，那時快，猛虎突然躍起，武松也立刻跳起來，看準時機，兩隻手往虎頭一抓，使勁一

壓，將猛虎按在地上，猛虎還要掙扎，武松雙腳已經死命往牠臉上踹，踹得猛虎連連咆嘯，兩隻前爪在地上瘋狂扒土，轉眼扒出一個土坑，武松見情況危急，更狠命把牠的頭往土坑裡壓去。接著武松左手加勁，空出右手，提起醋砵大小的拳頭，使盡平生力氣，只顧著打猛虎，直到牠七孔流血，不再掙扎，他才緩緩鬆開手。

此時，武松不覺打了個冷顫，原來剛才嚇出的一身汗被風一吹，一時竟有些涼意。他看著躺在血泊中的老虎，原本提著的一口氣頓時鬆了，整個人坐倒在地，只覺得手腳酸軟。他喘口氣，思考著：「轉眼天色就暗了，而且我的氣力已經用盡，如果再跳出一隻老虎來，哪裡還鬥得過牠？不管怎樣得先下山去，明天一早再做打算。」

他在原地歇了一會兒，感覺氣力稍微恢復，起身去撿了行李，強撐著往岡下走，走沒幾步就見路邊草叢中又鑽出兩頭猛虎，武松吃了一驚，大叫：「這下我活不了了！」

武松驚疑不定，天色昏

暗下，卻看見那兩頭老虎站起來，他仔細一看，才發現原來是兩個身上披著虎皮的人，因手裡拿著獵叉，突然看到，倒像是露出森森白牙的猛虎。

那兩人見武松孤身一人，也吃了一驚，說：「你這個人難不成是吃了什麼熊心豹子膽？這麼黑天黑地的，手裡又沒武器，居然敢一個人走上岡來，你、你、你……是人是鬼？」

「我當然是人，你們又是誰？」武松見來的是人不是虎，心神稍定，精神也好了起來。原來兩人是當地的獵戶，被知縣逼著上景陽岡來殺猛虎，他們設了許多陷阱，偏偏猛虎就是不上當，今夜又要來埋伏時，卻看見武松獨自一人下岡，所以嚇了一跳。

「老虎嗎？我剛才撞見了一頭，被我一頓拳腳打死了。」兩個獵戶聽見，愣在原地，彼此對看了一眼，難以置信的說：「怎麼可能？」

武松指著身上的血跡，又把剛才的事向他們說了。兩個獵戶又驚又喜，連忙把縮在後頭的十個人叫來，隨著武松上岡。一看之下，果然有一頭猛虎軟癱在血泊中，已無氣息。眾人大喜，先派人去縣衙裡告知知縣，再把老虎綁了，簇擁著武松下岡。當地知縣聽說武松殺死老虎，十分歡喜，再看他生得威風凜凜、相貌堂堂，心裡更是喜歡，便留他在縣衙裡作都頭*。武松原本想回清河縣探望大哥，但這個機會實在千載難逢，幸好清河、陽穀二縣相隔不遠，隨時可以回鄉，因此便答應下來。

當了幾天班，這天武松放假，想在縣中到處逛逛，熟悉一下環境。剛走出縣衙，就聽到身後有人叫他，武松回頭一看，竟然是哥哥武大。武松大喜，開心的抱住武大。武松見武大挑著做買賣的燒餅擔子，不像出遠門的樣子，便問：「哥哥怎麼會來這裡？賣燒餅賣到陽穀縣來，不嫌太遠了嗎？」

「唉，自從你離了家，哥哥娶了一個妻子，清河縣的人經常上門欺負，我在那裡住不下去，只好搬到陽穀縣來。」武松聽得一頭霧水，武大便將事情始末細細說給他聽。

原來清河縣有戶大富人家，家裡有個丫環名叫潘金蓮，生得頗具姿色，老爺有意收她做小妾，潘金蓮不肯，還去向夫人告狀。老爺記恨

*都頭：指各州縣的捕盜頭目。

在心，心存報復，便把潘金蓮嫁給武大，不但不收他聘金，還倒賠給他一些金銀。因為武大身長不滿五尺，相貌醜陋、行事滑稽，清河縣的人見他生得矮小，還給他取了個外號叫「三寸丁穀樹皮」。潘金蓮自負容貌，卻嫁了這樣一個呆頭呆腦的夫婿，心中不免怨忿，而清河縣中有些輕浮的人，欺負武大老實懦弱，經常上門與潘金蓮調笑，口裡說些「一朵好花插在牛糞上」之類的話，弄得武大在清河縣中無法安居，只好搬到陽穀縣。

武松聽了這話，忍不住嘆了口氣，搖頭笑著說：「哥哥也太軟弱了，若是我在家，絕不容許這些人上門放肆。」

「唉，別再提了。我前幾天聽說一個姓武的壯士打死景陽岡上的老虎，還做了都頭，心裡就在猜是你，誰知道今天就在這裡遇見。今天我也不做買賣了，我們回家去喝酒談天，豈不快活？」武大拉著武松就往家裡去，武松見武大身材矮小，挑起擔來一付吃力模樣，乾脆一手接過他肩上的擔子，由他拉著走。

走過幾條街，來到一個茶坊隔壁的房舍，武大熱情的招呼武松進屋。武松才進門，就聽見樓上傳來軟媚的女子聲音：「相公今天怎麼這麼早就回來啦？」

「娘子，原來景陽岡上打死老虎的真的是我常和妳說起的弟弟武松，妳快來見過叔叔。」武大說話時，潘金蓮已緩緩走下樓，身子半倚在樓梯口的欄杆上，雙眼晶燦燦的看著武松。

武松見到潘金蓮，立刻行了個大禮，說：「武松見過嫂嫂，嫂嫂萬福。」

「哎喲！我承受不起，叔叔快快請起。」潘金蓮連忙上前扶起武松，笑著說：「先前聽隔壁王婆說縣裡來了個打虎的好漢，約我一起去瞧瞧，沒想到去得遲了，沒能見到，原來那人便是叔叔。」

潘金蓮一邊說話，一邊打量著武松，心裡不禁感嘆：「同一個娘肚子裡出來的，這武松生得高大挺拔、身材壯碩，渾身氣力，多麼威猛英俊，如果我嫁的是這樣一個人物，豈不登對？偏偏嫁給了武大這個三分像人、七分倒像鬼的矮子。聽說武松尚未娶妻，若是能朝夕相處，日子一久，那不正是天賜的良緣嗎？」想到這裡，潘金蓮精神一振，招呼武松坐下，笑意盈盈的對他說：「叔叔不知道住在哪裡，身邊可有人服侍嗎？」

「我一個粗人，在縣衙裡隨便找個地方就睡了，身邊倒有幾個小兵使喚。」武松直挺挺坐著，恭敬的

回答。

潘金蓮見武松這個模樣，忍不住笑著說：「都是一家人，叔叔何必這麼拘謹？依我看，那些小兵不夠仔細，叔叔不如搬過來一塊住，讓我親自侍候，一家人也好有個照應，相公你說是不是啊？」

武大生性老實，聽妻子這麼詢問，也沒多想，點點頭，笑著說：「是啊，你如果能搬來一塊住，就沒人敢上門欺負你哥哥了。」

「哎喲！聽聽你這話，豈不叫叔叔笑掉大牙！」潘金蓮白了武大一眼，轉過頭眉眼含笑的對武松說：「叔叔瞧瞧他這個人，一點骨氣也沒有，難怪人家欺負到頭上來，他也沒本事討回公道，這麼大個人了，還只想著要靠弟弟。」

「哥哥一向老實，不像我這麼衝動，專會鬧事。」

「不鬧事是好，可也不能老讓人上門鬧事啊！」潘金蓮笑著掐掐武松結實的手臂，笑著說：「如果你哥哥能有叔叔一半雄壯，誰敢在他面前說個不字呢？那樣一來，我也不用每天提心吊膽的！」

武松聽這話不好回應，只好笑著說：「嫂嫂取笑了。」

「我這話可是再千真萬確不過了，怎麼會是取笑

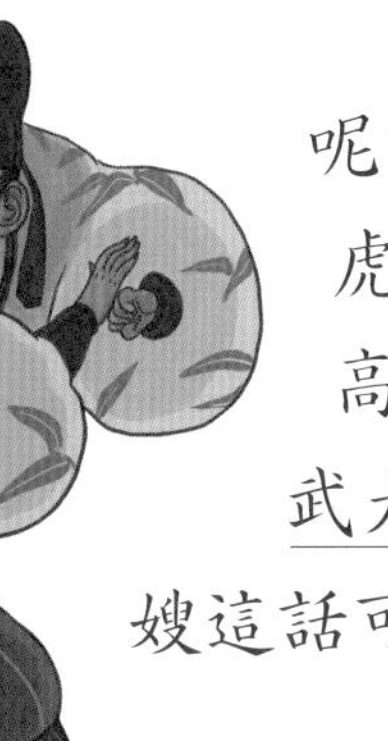

呢？那天叔叔打死景陽岡上的老虎，全縣裡哪個不說叔叔本領高強？」潘金蓮推了推武大，武大愣愣的點頭說：「是啊！你嫂嫂這話可沒說錯。」

「唉！」潘金蓮裝模作樣的嘆了口氣，說：「叔叔既然是英雄，大概是不肯搬來同住了，枉費我夫妻倆空歡喜一場。」

這話說得武大與武松都是一頭霧水，武大不解的問：「娘子這話是從何說起啊？」

「當然從你身上說起啊！」潘金蓮指著武大說：「弟弟生得這麼雄壯威武，大哥偏偏是這副模樣，你說他怎麼肯搬過來住呢？那不是讓人說閒話嗎？」

武大聽了這話一呆，武松連忙陪笑說：「我一向敬重大哥，嫂嫂可別冤枉我。」

潘金蓮笑著拍拍武松的肩膀，說：「這我當然知道，只是在外人眼裡看起來就是那樣啊，陽穀縣就這麼丁點大的地方，一家人卻不同住，那些閒人豈有不多嘴的？所以我說相公啊，你就在樓下打點一間房讓叔叔搬過來，省得外人閒言閒語，又說你的不是，或說叔叔的不是，閒話傳久了，只怕連累我也落了不是。」

武大聽這話說的有理，連連點頭，拉著武松說：「弟弟，你非得搬過來住不可，不然我可不依。」武松聽了這話，只好點頭應允。潘金蓮心願成真，不禁心花怒放。

自那天起，每天不論武松多早出去，多晚回來，潘金蓮都是歡天喜地、殷勤周到的服侍武松。她本來就是丫環出身，習慣侍奉別人，這時對武松更是加倍體貼，無微不至。武松雖然覺得過意不去，但潘金蓮畢竟是嫂嫂，也不好推辭，便不時拿些銀子，讓她作為家用。潘金蓮偶爾用言語挑逗他，武松一來因為生性樸實，不熱衷於男女之事；二來心裡只當她是嫂嫂，所以也不覺得有什麼。

轉眼已是十二月天，連日來北風不止，大雪下個不停。這天，武松一大清早到縣衙去當班，潘金蓮算準時間，早早將武大趕出去做買賣，準備好酒菜，在武松房裡生起一盆火，打扮得花枝招展，倚在門邊，等著武松回來。

等了一會兒，只見武松冒著雪回來，潘金蓮滿臉笑意的迎上前去，說：「好冷的天氣，叔叔快進來烤烤火。」說著就伸手要替武松脫下斗笠簑衣，武松閃過身子，說：「不敢勞煩嫂嫂。」自己將斗笠簑衣脫下，抖去上頭的雪花，隨手掛在牆上。潘金蓮也不以為意，跟在武松身邊，笑著說：「叔叔今天回來的晚，讓我等這麼久。」

「縣衙裡事多，所以回來晚了，辛苦嫂嫂了。」武松略帶歉意的說。

「叔叔跟我說話還這麼客氣，豈不是太見外了嗎？」潘金蓮纖手在武松肩上輕輕一拍，笑著說：「叔叔在外奔波受凍，我已經在房裡生了盆火，你快去烤火。」

「謝謝嫂嫂。」武松搬了張凳子，坐在火盆邊烘手，潘金蓮笑著轉身出去，將前後門都關上，下了栓，把酒菜搬到武松房裡，武松向房門外張望，問：「怎麼不見哥哥？」

「他還在外頭做買賣，叔叔先喝幾杯酒暖暖身子吧。」潘金蓮在火盆邊坐下，拎起酒壺，將酒溫得熱了，倒了一杯遞給武松。武松卻不接過，望著外頭說：「等哥哥回來再一塊喝酒。」

潘金蓮硬將酒杯遞在武松手裡，冰冷的指尖似有意若無意的碰了下武松溫熱的肌膚，她輕皺雙眉，低低柔柔的說：「等到你哥哥回來，我豈不是冷壞了？」

武松微微尷尬，便說：「既然如此，那麼嫂嫂請坐，讓我來溫酒。」武松正要去拿酒壺時，潘金蓮卻拉住他的手，另一隻手已先一步拎起酒壺，放到熱水中溫著，一雙眼柔柔的看著武松，細聲細氣的說：「豈敢勞煩叔叔，叔叔先把這杯酒喝了吧。」

武松連忙抽回手，將手中的酒一飲而盡，潘金蓮笑著瞄了他一眼，又將兩人的酒杯斟滿，說：「叔叔，天氣寒冷，再飲一杯湊成雙吧。」

「嫂嫂不用招呼我，一切隨意吧。」武松一仰脖子，又喝了一杯酒。潘金蓮聽了這話，也沒說什麼，只是抿了抿唇，細白柔嫩的手指將酒杯拿在手中，似笑非笑的凝視著武松，柔媚的說：「我聽說叔叔偷偷養著一個唱曲的姑娘，是真的嗎？」

「嫂嫂別聽外人胡說，我不是這樣的人。」

潘金蓮眉眼含笑，慢條斯理的喝了一杯酒，才說：

「誰知道呢？男人嘛！都是嘴上說一套，心裡又是一套。」說話間，潘金蓮已經又斟了杯酒喝下，伸長手要替武松倒酒，武松正想接過酒壺，眼角餘光卻看到她將身子斜靠著方桌，從他的方向看過去，正好可以看見她胸前一大片雪白的肌膚。

武松一皺眉，心裡已大概猜到潘金蓮的意思，於是他端正坐姿，目不斜視，只顧喝酒。潘金蓮見他沒動靜，便走到武松身邊，伸手在他肩膀上捏了捏，問：「這種大雪天，叔叔穿得這麼單薄，不冷嗎？」武松沉下臉，也不說話，只是拿著火鉗撥火。

潘金蓮見他不回應，還以為他年輕，臉皮薄，便坐在武松身邊，斟了杯酒，湊近嘴邊啜了一口，刻意印下唇印，遞到他眼前，嬌媚的說：「叔叔，你若有意，就喝了我這半杯酒——」

武松聽了這話，怒火中燒，奪過酒杯，將酒潑在地下，喝斥：「嫂嫂，不要這麼不知羞恥！我是個頂天立地的好漢，可不是那些敗壞風俗、不識人倫的豬狗！我眼裡雖然認得嫂嫂，拳頭卻不認得嫂嫂，妳再如此，別怪我不講情面！」

這番話說得潘金蓮面紅耳赤，羞忿交加，她衣袖一甩，衝著武松說：「好沒意思，我自己說著玩，你倒認真起來！」說著收拾了杯盤，氣沖沖的走到廚房，想到自己的情意竟然只換得武松冷語，不禁抽抽噎噎的落下淚來。

武松氣憤難當，覺得無法再與潘金蓮同住，便隨意收了幾件衣裳就要出門，才拉開門，卻見武大挑著擔子正要回家。武大見他背著包袱，一臉憤怒，不由得一愣，問：「弟弟，外面下著大雪，你背著包袱要往哪裡去？臉色怎麼這麼難看？」

武松也不回答，拿了斗笠簑衣，頭也不回的就往大街上走去。武大在後頭叫了幾聲沒有得到回應，一頭霧水的將擔子挑進廚房，看見潘金蓮雙眼紅腫，吃了一驚，急忙詢問：「娘子，怎麼啦？誰欺負妳了？弟弟為什麼氣沖沖的往外跑，我叫他也不理？究竟發生了什麼事？」

潘金蓮聽見武松出門，便向武大說武松調戲她，還加油添醋的漫天哭訴。武大搖搖頭，說：「不要胡說，我弟弟不是這樣的人，妳不要到處亂說，免得讓鄰居笑話。」

「他不是這樣的人？那你叫他，他怎麼不應？就是他還知道羞恥，沒臉見你，所以才走了出去！我可不准你再留他住在家裡，你要是去找他回來，不如趕

緊寫一封休書來，省得我留在這裡被人糟蹋。」潘金蓮又哭又嚷，武大被她這麼一鬧，只好暫時打消找回武松的念頭。過了幾天，武大說要去找武松，被潘金蓮劈頭劈腦的罵一頓，弄得他也不敢再提。

過了半個多月，這天知縣交代武松到東京辦事，他心想這一去大概要兩個月時間，嫂嫂又是這樣的性格，擔心武大被人欺負。他想了一下，吩咐小兵準備酒菜，來到武大家裡。才走到門口，正好碰見武大賣燒餅回來，武大心中毫無芥蒂，看見武松上門，開心的拉著他進屋。

隔了這麼多天，潘金蓮聽見武松回來，還以為他心裡對她其實放不下，在樓上刻意裝扮一下，才下樓迎接武松。武松讓他們兩人在桌邊坐定，擺上酒菜，滿滿的斟了幾杯酒，一面勸他們喝，一面自己連乾了幾大杯。潘金蓮一邊喝酒，一邊凝視著武松，見他如此意興飛揚，不由得有些痴了。

武松說起將前往東京的事，斟了杯酒遞給武大，叮囑：「哥哥一向良善，我不在，只怕有人上門欺負你。我看從明天開始，哥哥每天少賣一半燒餅，晚出早歸，回到家裡就關門落栓，也許可以免去許多是非。如果有人找你麻煩，你不用和他爭執，等我回來便會和他理論。哥哥若能依我這話，便喝了這杯。」

武大點點頭，接過酒喝了。武松又斟一杯酒，對潘金蓮說：「嫂嫂是個聰明人，話也不用我多說，古人有言『籬牢犬不入*』，嫂嫂若能安家，哥哥和我也不須煩憂。」

潘金蓮滿腔濃情彷彿被澆了冷水，覺得無比難堪，不禁紫漲了臉皮。她猛地站起來，先對著武大破口大罵，又恨恨的罵了武松幾句，便轉身上樓去了，一邊走口裡還罵聲不絕。武松兄弟倆也不理她，自顧自的喝酒，臨別之際，武松更殷殷叮囑武大，不要忘了他的交代，兩人才含淚道別。

武松離開之後，武大果然依著他的交代，每日晚出早歸，一回家就關門落栓。潘金蓮剛開始鬧了幾次，武大也不理她，日子一久，潘金蓮沒辦法，每天到武大快回來的時間，自己便先去收起簾子、關上大門，武大見了也覺得歡喜。

這天，潘金蓮拿了竹竿要去收簾子，誰知手裡一滑，竹竿從樓上落下，不偏不倚打在路人頭上。那人回過頭來正要喝罵，看見打中他的是一個嬌媚的婦人，

*籬牢犬不入：指防備嚴密，壞人便無法趁虛而入。

滿腔怒火立刻化作雲煙，一臉怒容變得笑吟吟的。潘金蓮在樓上陪著笑臉，說：「一時失手，公子痛不痛？」那人向潘金蓮行禮，笑著說：「沒關係，沒關係。倒是姑娘有沒有傷到手？」

兩人這段對答，都被隔壁開茶坊的王婆看在眼裡，她走出來對著那人說：「誰讓公子您從這邊過呢？打得正好！」那人不懂王婆的意思，又向潘金蓮行了一次禮，看了她幾眼，轉身要走，卻又連連回頭，直到潘金蓮收好簾子進屋，他還在街口愣了一會兒，才轉身離開。

那人名叫西門慶，是當地一個大財主，自從挨了潘金蓮一竹竿，不知怎麼的，竟不時想起她媚態橫生的笑臉，每天都要到武大家附近繞個幾圈，希望能再見潘金蓮一面。王婆早猜中了他的心思，每次看到他過來，就招呼他到茶坊裡喝茶，故意聊幾句跟潘金蓮有關的消息，引誘他來打探。

西門慶為人精明，已明白了王婆的心意，正巧他也有意勾搭潘金蓮，便留下重金，希

望王婆為他促成此事。王婆拿了西門慶的銀子，先去買一塊布，請潘金蓮為她縫製壽衣。潘金蓮在家裡早就十分煩悶，便答應每天早上武大出門之後，到她家去幫忙，兩人也好作伴。

過了幾天，潘金蓮一樣來到王婆家裡縫衣，樓下卻傳來男子叫喚聲，王婆假裝一愣，向潘金蓮說：「聽這聲音應該是送我衣料的那位公子，妹子在這邊稍待，我下去瞧瞧。」

不一會兒，王婆拉著一個斯文清俊的男人上樓，潘金蓮正要躲避，就聽王婆說：「妹子千萬別介意，只因這衣料是公子所贈，我想讓他看看妳的手藝，所以就拉他上來了。」王婆指著潘金蓮，向西門慶說：「公子您覺得怎麼樣，這麼好的針線工夫，在別的地方沒見過吧？」

西門慶一雙眼死盯著潘金蓮，說：「是啊，姑娘的一雙手好巧。」潘金蓮謙遜幾聲，繼續做針線，既不說話，也不避開。王婆笑著替兩人各倒了杯茶，向西門慶使個眼色，西門慶便知道這事已成功一半。接著王婆擺上酒菜，連連向兩人勸酒，潘金蓮拗不過王婆的三寸不爛之舌，陪著喝了幾杯。西門慶見潘金蓮喝酒之後，粉臉透紅，讓人心動不已，連連向王婆使眼色，王婆會意，藉機走下樓。

「姑娘再喝一杯。」樓上只剩下孤男寡女兩個人，西門慶斟了杯酒，遞到潘金蓮面前，潘金蓮笑著接過。西門慶幾次刻意撩撥，原本就對他有些好感的潘金蓮禁不起挑逗，兩人便勾搭上了。從此之後，每當武大出門賣燒餅時，潘金蓮就到王婆家與西門慶幽會，不到半個月時間，街坊鄰居都知道了，就只有武大還被蒙在鼓裡。

這天，西門慶依舊到王婆家裡，剛好縣裡有個賣水果的鄆哥，想找時常向他買水果的西門慶兜售新進的雪梨。誰知到處找不到人，卻有街坊要他往王婆家去，他一路找進王婆店裡，吵著要找西門慶，為兩人把風的王婆不肯放他上樓，急忙將他又打又罵的趕了出去。鄆哥無故挨罵，心裡不服氣，轉身到市場上找武大，告訴他西門慶和潘金蓮的情事。

武大聽了氣憤不已，哪裡還記得武松臨去時的交代，拿了扁擔就要去找那對姦夫淫婦理論。鄆哥跟著武大到了茶坊，便去阻擋王婆，讓武大趁機衝上樓。潘金蓮在樓上聽見王婆的叫聲，急忙頂住房門。只聽見武大一邊推門，一邊大喝：「看你們這對狗男女做的好事！」

潘金蓮見西門慶嚇得躲到床底下，不屑的說：「平常老愛吹噓說自己多厲害，現在見了個紙老虎也在害怕！」西門慶聽了這話，從床底下爬出來，一把拉開房門。武大正拿起扁擔要打，卻被西門慶一腳踢中心窩，摔倒在地，西門慶趕緊開溜，鄆哥見苗頭不對，轉身也跑了，其他街坊鄰居都畏懼西門慶的勢力，根本不敢多事。

王婆和潘金蓮見西門慶走掉了，才扶起武大，只見他口吐鮮血、面色蠟黃，已經昏迷不醒。潘金蓮將武大扶回家，隨便讓他睡在床上，也不去理他，隔天依舊到王婆家裡。武大病得動彈不得，一連五天看到潘金蓮濃妝豔抹出門，回家時一臉春色，氣得他幾度昏厥，口裡一直叫武松。

這一叫倒提醒了潘金蓮，她趕緊與王婆、西門慶商量對策。狠毒的王婆竟要潘金蓮毒殺武大，再讓西門慶賄賂衙門負責驗屍的何九叔，謊稱武大因為心病猝死，再把屍體燒了，死無對證。兩人依計行事，等武大斷氣後，潘金蓮在家中設起靈堂、靈位，穿上孝服，在靈堂前號啕痛哭。街坊鄰居雖然覺得武大死得

離奇，卻沒人敢多說一句。

當武松從東京回來，到武大家中，卻只見到武大靈位，呆了許久，才記得要出聲叫喚：「嫂嫂在嗎？是武松回來了。」

武大死後，潘金蓮每天和西門慶在自家樓上取樂，此時聽見武松回來，兩人嚇得魂飛天外，西門慶沒命似的從後門跑了，潘金蓮急忙卸去釵環，洗去臉上脂粉，換上一件孝服，才嗚嗚咽咽的假哭下樓。武松見到潘金蓮，連聲問起武大的死因，潘金蓮便照王婆教的話告訴武松。

武松聽說武大突然犯了急症，心痛至死，已經有些懷疑，再聽潘金蓮說已將屍身火化，更是疑心。他沉思許久，一言不發的回到縣衙裡，換了一身素白的衣服，拿把尖刀貼身藏著，再買些香燭冥紙、酒菜素果，夜裡又回到武大家裡。他將東西擺放好，點香跪倒在靈堂前，哭著說：「哥哥，如果你是被人陷害，死得冤枉，那就託夢給弟弟，我一定替你報仇！」說完，把酒往地上一澆，一邊燒冥紙一邊痛哭，哭得兩邊鄰舍都十分不忍。

半夜，武松輾轉難眠，便走到靈堂前坐著，恍惚間，只覺得一陣冷氣在屋內盤旋，吹得燭火搖曳閃爍，

紙錢飄飛不定。武松心知有異，也不出聲，他觀察四周，看見武大靈位上緩緩浮現出一個人影，七孔流血，口裡喊著：「弟弟，我死得好苦啊！」

武松大驚，想再看仔細時，卻已不見任何蹤影，連冷風也不再吹起。他心想武大或許有意向他訴冤，卻被他的陽氣衝散了魂魄。武松越想越覺得疑點重重，一早又細細向潘金蓮問起整件事的來龍去脈。武松問明細節，沒說什麼就直接去縣衙工作，順便打聽驗屍的何九叔消息。等到問明後，武松獨自一人前往何九叔家。

何九叔見武松上門，嚇了一跳，連忙從櫃上拿了一個包裹，跟著武松來到一家酒館。剛開始武松只叫店小二將酒送上，何九叔心中雖然已猜到他的來意，但是見武松埋頭喝酒，他也不敢出聲，坐在旁邊一直冒冷汗。喝完幾碗酒後，武松亮出尖刀，將刀插在桌上，嚇得何九叔連大氣也不敢多喘一聲。

武松說：「我雖然粗魯，但還曉得『冤有頭，債有主』的道理，你只要把我哥哥的死因對我實說就沒事，但若是有半句假話，

我這把刀就馬上在你身上添三四百個窟窿！」

何九叔「咕嘟」一聲吞了口唾沫，連忙把包裹放在武松面前，說：「都頭息怒，這實在不關我的事，包裹裡的東西便是證據。」武松揚起兩道眉毛，伸手揭開包裹，只見裡頭包著十兩銀子，及兩塊酥黑的骨頭。

原來何九叔當日前去驗屍時，西門慶拿了銀子想收買他，要他相助遮掩武大的死因。那時他還不知道原因，等到看了武大的屍身，發現他七孔瘀血，脣上留有齒痕，分明是中毒而死。他原本想聲張此事，但西門慶的威勢卻又令他心生畏懼，於是他與妻子商量後，便在燒化武大屍體時偷偷拿了兩塊骨頭，與十兩銀子包在一起，以便作為日後武松查問時的證據。

他將事件始末告訴武松，武松聽得雙目含淚，悲憤的問：「不知姦夫是誰？有沒有人證？」

何九叔便將鄆哥陪同武大去捉姦一事向武松說了，武松向鄆哥問明口供，逼著他與何九叔一同到縣衙告官。西門慶聽說此事，連忙派人去賄賂知縣，知縣貪圖錢財，便以證據不足為由，駁回武松的官司。

武松沉思許久，心中已有打算。他請何九叔與鄆哥在原地等候，自己則去買了酒肉菜餚，帶幾個小兵來到武大家裡。潘金蓮已知武松的官司被駁回，因此

也不怕他，就等著看他要做什麼。武松將酒菜擺在桌上，吩咐小兵邀來左鄰右舍，然後便要小兵在前後門把守，不許任何人離開。眾人心中忐忑不安，不知武松會做出什麼事。

只見武松點起香燭，在武大靈位前告祭，轉身望著眾人，眾人被他淩厲的眼神一瞪，都大吃一驚。武松向眾人一拜，說：「各位不必擔心，我雖然是個粗魯人，但恩怨分明，不會傷害各位，只是要請各位為我做個見證，但如果有誰想要先走，別怪我翻臉無情！」說著他亮出尖刀，右手一揮，「咻」的一聲，刀尖狠狠刺入桌面，刀身因為餘勁未消，還在桌面上微微晃動。

眾人被他這麼一嚇，哪敢多說什麼。武松拿出紙墨筆硯，請一個識字鄰居幫忙記錄，隨後轉身盯住王婆和潘金蓮，兩人作賊心虛，感覺心都要跳了出來。

武松走到桌邊，緩緩拔出尖刀，指著王婆喝斥：「老賊婆，妳快說實話！」

王婆嘴硬的說：「這又不關我的事，都頭到底是要我說些什麼呀？」

「哼！好個不關妳事！我什麼都知道了，妳還想賴？要是不說，我先殺了這賤人，再殺妳這賊婆！」武松展開雙臂，一把抓起潘金蓮，用尖刀在她臉上緩

緩的來回拖磨，潘金蓮嚇得兩腿發軟，慌忙求饒：「叔叔，不要殺我，我照實說就是了。」武松立刻將潘金蓮扔在武大靈位前，怒喝一聲：「說！」

潘金蓮一驚，哭著將事情一五一十說了，王婆料想自己逃不過，只好一起招供。等到供詞都被一字不漏的記下後，武松叫兩人在供狀上簽字認罪，也請在場鄰里全都簽上名，隨後將供狀收在懷裡。接著他雙眉一揚，眼中精光四射，抓起潘金蓮，悲憤的喊著：「哥哥，弟弟今日為你報仇雪恨！」提起尖刀一劃，一把割下潘金蓮的頭。在場眾人都是安分百姓，突然見到這麼血腥的場面，都嚇得傻了，個個癱在椅子上，不能動彈。

武松用白布包好潘金蓮的頭，拿著尖刀，又去殺了西門慶，然後提著兩顆人頭、押著王婆，帶著何九叔、鄆哥到縣衙自首。知縣見武松殺了兩人，原本應該判他死刑，但他為親人報仇，值得同情，而且兩人確實是死有餘辜，因此只輕判他流配孟州。

宋江等人聽到這裡，紛紛嘆氣。許久之後，宋江才問：「賢弟家中變故不斷，實在令人感嘆，幸好身體沒有大礙，只是現在怎麼會出家了呢？」

「這件事說來話長。」武松聽宋江問起，繼續說起自己流配孟州以後的事……

原來武松到孟州之後，有個叫施恩的人非常照顧他，後來他知道施恩原本在快活林有一份家業，卻被一個惡霸蔣門神奪走，武松氣不過，便去把蔣門神和他底下的嘍囉痛打一頓，幫施恩搶回快活林。誰知蔣門神心機深沉，知道自己打不過武松，不願和他正面衝突，便暗地裡買通了孟州守禦兵馬的都監，要他假裝賞識武松，將武松調到他府中，任他在府裡自由來去，當他是自家人一般。不管什麼事，只要武松對都監說了，都監沒有不依的。因此有很多人時常送些金銀給武松，請他在都監面前說幾句好話。日子久了，手邊累積的財物漸多，武松便買了個柳藤箱子，把財物都收在裡面。

某天，都監請武松喝酒，半夜武松正要回房歇息時，忽然聽見後院有人喊捉賊。武松一心想報答都監的恩情，二話不說就往後院奔去。誰知道他才到後院，竟被絆倒在地，接著湧出七、八個大漢，喊著捉賊，就把武松牢牢綁住。武松連連喊

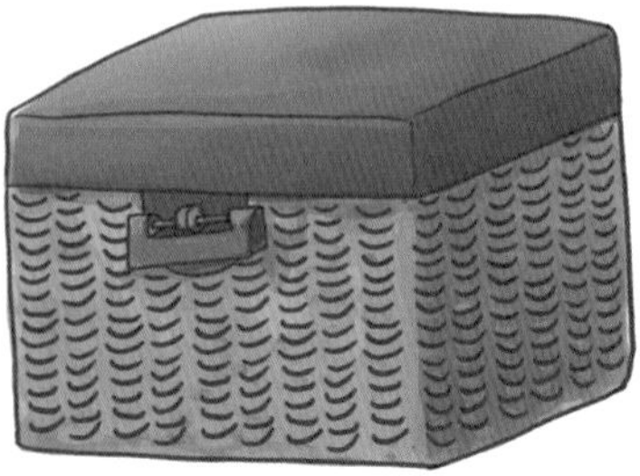

冤，那些大漢熟門熟路的從他房裡搜出柳藤箱子，硬說是贓物，都監不讓武松解釋，將他打入死牢，武松這才知道中計。

後來施恩想盡辦法，終於將武松的死刑改判流配，蔣門神卻還不死心，勾結負責押送的差役，打算暗地裡了結武松的性命，武松看破了他的伎倆，反將差役殺了。這一殺人見血，武松胸中的怨恨突然一股腦迸發出來，他索性一不做，二不休，回到孟州將都監、蔣門神等人全都殺了，後來為了躲避官府追緝，才改扮成行者模樣。

武松說完自己的遭遇，宋江等人都忍不住嘆氣。武松問起宋江近況，要往哪裡去，宋江回答：「清風寨知寨『小李廣』花榮多次來信邀我過去，此處離清風寨不遠，如果賢弟願意，不如一起走一遭？」

武松聽宋江誠意邀約，心中感動，說：「哥哥的情分，我心裡清楚，只是我犯下這麼重的大罪，恐怕連累哥哥和花知寨，因此我決定到二龍山去落草避難，日後如果有機緣，受了朝廷招安，到時再去尋訪哥哥。」

「既然你這麼說，那麼我也不勉強，只希望你陪我在這裡留幾日再走。」宋江見武松點頭答應，接著又說：「你犯下此案，實在是被貪官汙吏、當地強豪所逼，心中不要太過掛慮。你既然有歸順朝廷的忠義之心，一定會受上天佑護。」

兩人相視一笑，一起在孔太公莊院住了幾天，便向孔太公及孔家兄弟告辭。

宋江與武松沿路結伴同行，走了幾日，遇上一條三岔路，兩人目的不在一條路上，武松這才依依不捨的與宋江告別，走上西邊岔路，往二龍山去了。

武松到二龍山落草，悠悠之間，已過數年。一天，武松巧遇孔家兄弟中的孔亮，只見他領著一些殘兵，狼狽不堪。一見到武松，孔亮十分激動，翻身跪倒在地，說起叔兄陷落青州，懇求武松相助。武松記起往日情誼，便答應此事，與同在二龍山的魯智深、楊志商議定了，連絡梁山泊、桃花山一起攻打青州。

宋江與武松久別重逢，又結識了魯智深、楊志兩位英雄，十分歡喜，因此青州之事一結束，便遊說三人與他一同前往梁山泊，共同等待朝廷招安。

水滸傳——官逼民反

看到眾英雄好漢懲奸除惡，你的腦中是不是浮現很多想法呢？那就讓我們再一次回到梁山泊，並思考下面的問題吧！

1.你最欣賞哪一個梁山泊好漢？說說看原因。

2.你覺得梁山泊眾人是好人還是壞人？為什麼？

3.英雄榜上的人物和外號不小心被搞混了，聰明的你快幫忙找出正確答案吧！

小旋風 ·	· 公孫勝
智多星 ·	· 柴　進
青面獸 ·	· 林　沖
花和尚 ·	· 劉　唐
豹子頭 ·	· 吳　用
入雲龍 ·	· 楊　志
赤髮鬼 ·	· 魯智深

另有其他學習單，可到三民網路書店下載

在經典故事中成長
——有圖、有料、有意思
唐三藏西天取經、魯智深大鬧桃花村、
諸葛亮草船借箭、牛郎織女鵲橋相見……
過去，我們讀這些故事長大
現在，我們讓這些故事陪孩子一起長大
豐富的文化應該被傳承，傳統的經典需要有新意
小說新賞，讓經典再現——
導讀簡明，掌握故事緣起
內容生動，融合古典新意
插圖精美，呈現具體情境
經典新編，富含文學性質
全系列共三十冊　敬請期待
一生不可不讀的三十本經典

國家圖書館出版品預行編目資料

水滸傳／張博鈞編寫.－－初版一刷.－－臺北市：三民, 2012

面；　公分.－－(兒童文學叢書／小說新賞)

ISBN 978-957-14-5601-0　(平裝)

859.6　　100025149

© 水滸傳

編寫者	張博鈞
繪者	徐福騫
責任編輯	莊婷婷
美術設計	馮馨尹
發行人	劉振強
著作財產權人	三民書局股份有限公司
發行所	三民書局股份有限公司 地址　臺北市復興北路386號 電話　(02)25006600 郵撥帳號　0009998-5
門市部	(復北店) 臺北市復興北路386號 (重南店) 臺北市重慶南路一段61號
出版日期	初版一刷　2012年1月
編號	S 857560

行政院新聞局登記證局版臺業字第〇二〇〇號

ISBN　978-957-14-5601-0　(平裝)

http://www.sanmin.com.tw　三民網路書店